STS
山田社

STS
山田社

溜韓語發音 中文就行啦

처음뵙겠습니다
한글 你好韓語

金龍範 著

山田社

「説韓語很多時候，好像在跟我們祖先對話」有人這麼説。
的確，我們學韓語跟日本人一樣，可以學得又快又好。

原因是：

1. 剛開始學 40 音，就先嚐到甜頭。

看起來有方方正正，有圈圈的韓文字，據説那是創字時，從雕花的窗子，得到靈感的。圈圈代表太陽（天），橫線代表地，直線是人，這可是根據中國天地人思想，也就是宇宙自然法則的喔！

另外，韓文字的子音跟母音，在創字的時候，是模仿發音的嘴形，很多發音可以跟我們的注音相對照，而且也是用拼音的。書中將告訴您如何利用這些訣竅，一小時學會文字與發音。讓您一開始就偷跑好幾步，您一定會偷笑，原來韓語這麼簡單。

2. 70% 是漢字詞您大部分都會了

韓文有 70% 是漢字詞，那是從中國引進的。發音也是模仿了中國古時候的發音（台語）。因此，只要學會韓語 40 音，知道漢字詞的造詞規律，很快就能學會 70% 的單字。用您早就會的國字學韓語，到韓國就有韓國美女、美男仰慕啦！

書中精選的單字，都能讓您看出國字跟韓語漢字詞的對應規則喔！

3. 有中國五千年文化做靠山，學高階韓語更簡單。

語言要進到高階，就是要學這個國家的文化。韓國長期受中國文化的影響，特別是儒家文化，不僅如此，還繼承得很好。儒家文化我們很熟吧！也因此，只要突破最難的初級階段的文法跟敬語（跟日語很接近），到了中級很多人都會有一日千里的感覺。

當然，這也是我們哈韓劇重要的原因。我們看有著中國五千年的文化做底色的韓劇，知道韓國人骨髓裡都流着儒家文化血脉，在無意識中，跟我們自己骨血裡儒家傳統文化的因子產生了共鳴，和懷念情感。書中精選韓劇常出現的時髦句，讓您發音、字母一次到位，單字、句子一次學會。

目錄
Contents

韓語文字及發音

看起來有方方正正，有圈圈的韓語文字，據說那是創字時，從雕花的窗子，得到靈感的。圈圈代表太陽（天），橫線代表地，直線是人，這可是根據中國天地人思想，也就是宇宙自然法則的喔！

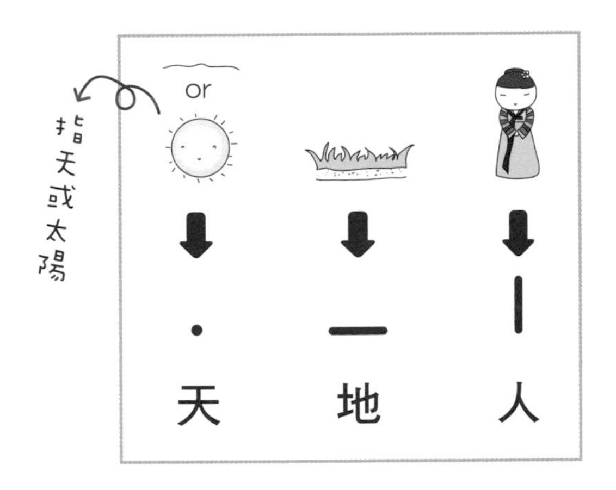

另外，韓文字的子音跟母音，在創字的時候，是模仿發音的嘴形，很多發音可以跟我們的注音相對照，而且也是用拼音的。

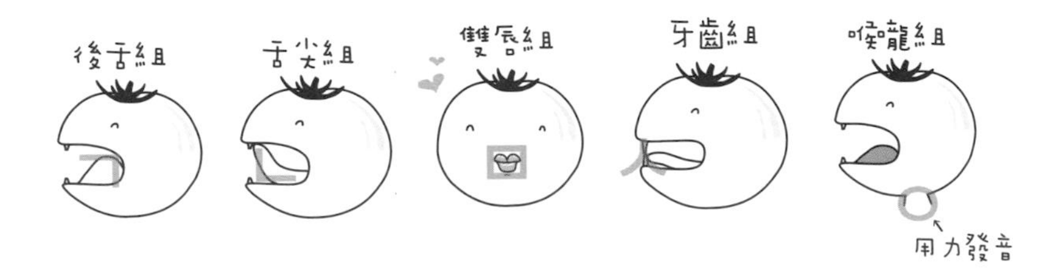

韓文有 70% 是漢字詞，那是從中國引進的。發音也是模仿了中國古時候的發音。因此，只要學會韓語 40 音，知道漢字詞的造詞規律，很快就能學會 70% 的單字。

● 韓語發音及注音、中文標音對照表

	表記	羅馬字	注音標音	中文標音
基本母音	ㅏ	a	ㄚ	阿
	ㅑ	ya	ㄧㄚ	鴨
	ㅓ	eo	ㄛ	喔
	ㅕ	yeo	ㄧㄛ	幽
	ㅗ	o	ㄡ	歐
	ㅛ	yo	ㄧㄡ	優
	ㅜ	u	ㄨ	屋
	ㅠ	yu	ㄧㄨ	油
	ㅡ	eu	ㄜㄨ	惡
	ㅣ	i	ㄧ	衣
複合母音	ㅐ	ae	ㄟ	耶
	ㅒ	yae	ㄧㄟ	也
	ㅔ	e	ㄝ	給
	ㅖ	ye	ㄧㄝ	爺
	ㅘ	wa	ㄨㄚ	娃
	ㅙ	wae	ㄛㄝ	歪
	ㅚ	oe	ㄨㄝ	威
	ㅝ	wo	ㄨㄛ	我
	ㅞ	we	ㄨㄝ	胃
	ㅟ	wi	ㄩ	為
	ㅢ	ui	ㄛㄧ	＊喔衣＊

	表記	羅馬字	注音標音	中文標音
基本子音	ㄱ	k/g	ㄎ / ㄍ	課 / 哥
	ㄴ	n	ㄋ	呢
	ㄷ	t/d	ㄊ / ㄉ	德
	ㄹ	r/l	ㄦ / ㄌ	勒
	ㅁ	m	ㄇ	母
	ㅂ	p/b	ㄆ / ㄅ	波 / 伯
	ㅅ	s	ㄙ	思
	ㅇ	不發音 /ng	不發音 / ㄥ	o/ 嗯
	ㅈ	ch/j	ㄘ / ㄗ	己 / 姿
	ㅎ	h	ㄏ	喝
送氣音★	ㅊ	ch	ㄘ / ㄑ	此
	ㅋ	k	ㄎ	棵
	ㅌ	t	ㄊ	特
	ㅍ	p	ㄆ	坡
硬音☆	ㄲ	kk	ㄍ、	哥
	ㄸ	tt	ㄉ、	德
	ㅃ	pp	ㄅ、	伯
	ㅆ	ss	ㄙ、	思
	ㅉ	cch	ㄗ、	姿

	表記	羅馬字	注音標音	中文標音
收尾音	ㄱ	k	ㄍ	學（台語）的尾音
	ㄴ	n	ㄣ	安（台語）的尾音
	ㄷ	t	ㄊ	日（台語）的尾音
	ㄹ	l	ㄖ	兒（台語）
	ㅁ	m	ㄇ	甘（台語）的尾音
	ㅂ	p	ㄆ	葉（台語）的尾音
	ㅇ	ng	ㄥ	爽（台語）的尾音

★ 送氣音就是用強烈氣息發出的音。

☆ 硬音就是要讓喉嚨緊張，加重聲音，用力唸。這裡用「、」表示。

★ 本表之注音及中文標音，僅提供方便記憶韓語發音，實際發音是有差別的。

韓文是怎麼組成的呢？韓文是由母音跟子音所組成的。排列方法是由上到下，由左到右。大分有下列六種：

1

子音＋母音 →

<table><tr><td>子</td></tr><tr><td>母</td></tr></table>

2

子音＋母音 →

<table><tr><td>子</td><td>母</td></tr></table>

3

子音＋母音＋母音 →

<table><tr><td>子</td><td rowspan="2">母</td></tr><tr><td>母</td></tr></table>

4

子音＋母音＋子音（收尾音）→

<table><tr><td>子</td></tr><tr><td>母</td></tr><tr><td>子
（收尾音）</td></tr></table>

5

子音＋母音＋子音（收尾音）→

<table><tr><td>子</td><td>母</td></tr><tr><td colspan="2">子
（收尾音）</td></tr></table>

6

子音＋母音＋母音＋子音（收尾音）→

<table><tr><td>子</td><td rowspan="2">母</td></tr><tr><td>母</td></tr><tr><td colspan="2">子
（收尾音）</td></tr></table>

하국어

反切表：平音、送氣音跟基本母音的組合（光碟錄音在46首）

母音 / 子音	ㅏ a	ㅑ ya	ㅓ eo	ㅕ yeo	ㅗ o	ㅛ yo	ㅜ u	ㅠ yu	ㅡ eu	ㅣ i
ㄱ k/g	가 ka	갸 kya	거 keo	겨 kyeo	고 ko	교 kyo	구 ku	규 kyu	그 keu	기 ki
ㄴ n	나 na	냐 nya	너 neo	녀 nyeo	노 no	뇨 nyo	누 nu	뉴 nyu	느 neu	니 ni
ㄷ t/d	다 ta	댜 tya	더 teo	뎌 tyeo	도 to	됴 tyo	두 tu	듀 tyu	드 teu	디 ti
ㄹ r/l	라 ra	랴 rya	러 reo	료 ryeo	로 ro	료 ryo	루 ru	류 ryu	르 reu	리 ri
ㅁ m	마 ma	먀 mya	머 meo	며 myeo	모 mo	묘 myo	무 mu	뮤 myu	므 meu	미 mi
ㅂ p/b	바 pa	뱌 pya	버 peo	벼 pyeo	보 po	뵤 pyo	부 pu	뷰 pyu	브 peu	비 pi
ㅅ s	사 sa	샤 sya	서 seo	셔 syeo	소 so	쇼 syo	수 su	슈 syu	스 seu	시 si
ㅇ —/ng	아 a	야 ya	어 eo	여 yeo	오 o	요 yo	우 u	유 yu	으 eu	이 i
ㅈ ch/j	자 cha	쟈 chya	저 cheo	져 chyeo	조 cho	죠 chyo	주 chu	쥬 chyu	즈 cheu	지 chi
ㅊ ch	차 cha	챠 chya	처 cheo	쳐 chyeo	초 cho	쵸 chyo	추 chu	츄 chyu	츠 cheu	치 chi
ㅋ k	카 ka	캬 kya	커 keo	켜 kyeo	코 ko	쿄 kyo	쿠 ku	큐 kyu	크 keu	키 ki
ㅌ t	타 ta	탸 tya	터 teo	텨 tyeo	토 to	툐 tyo	투 tu	튜 tyu	트 teu	티 ti
ㅍ p	파 pa	퍄 pya	퍼 peo	펴 pyeo	포 po	표 pyo	푸 pu	퓨 pyu	프 peu	피 pi
ㅎ h	하 ha	햐 hya	허 heo	혀 hyeo	호 ho	효 hyo	후 hu	휴 hyu	흐 heu	히 hi

第 1 章
基本母音

ㅏ [a]

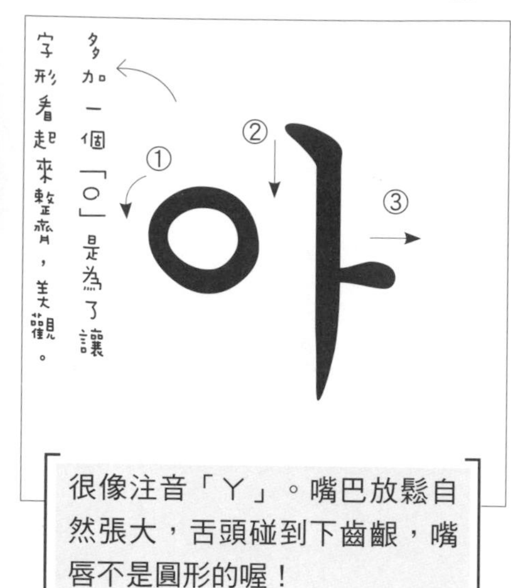

多加一個「ㅇ」是為了讓字形看起來整齊，美觀。
①
②
③
아

很像注音「ㄚ」。嘴巴放鬆自然張大，舌頭碰到下齒齦，嘴唇不是圓形的喔！

「ㅏ」的發音

跟中文的「阿」相似

注意聽標準腔調，老師會唸3次

ㅏ [a] ▶ ㅏ [a] ▶ ㅏ [a]

練習寫寫看！

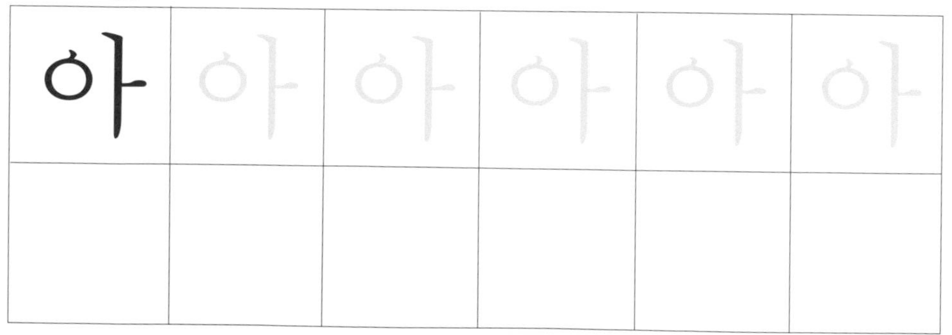

有「ㅏ」的單字 T 01

1	跟老師 慢慢唸	아우 阿．屋 a．u	弟弟
2	跟老師 一起唸	아이 阿．衣 a．i	小孩

有「ㅏ」的會話

1 慢慢唸 不要急

아니야.
a．ni．ya

不對，不是。

2 跟老師 一起唸

아니야.
阿．尼．呀

不對，不是。

3 跟偶像一起唸

아니야.

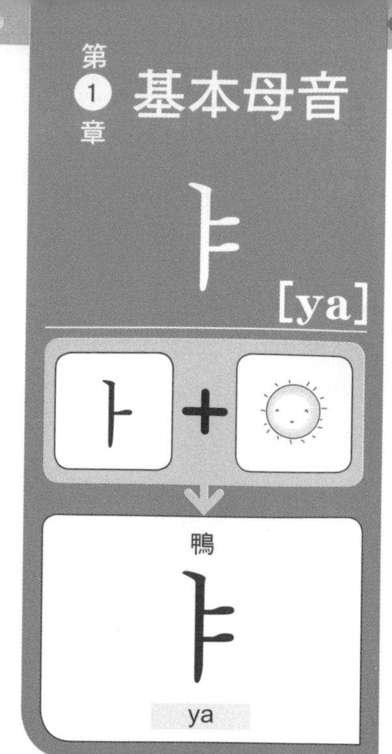

T 02

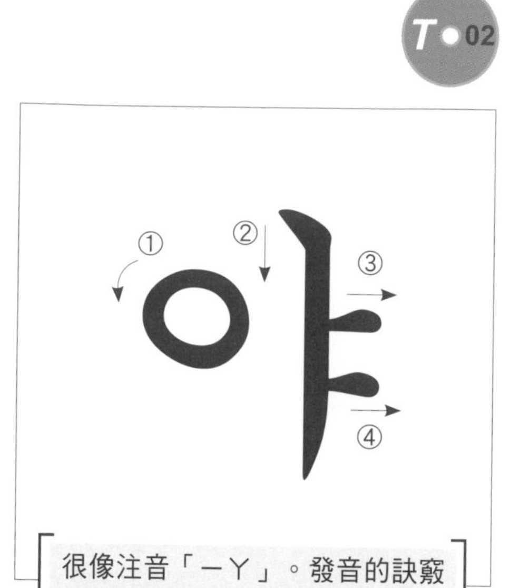

很像注音「一ㄚ」。發音的訣竅是，先發「ㅣ[i]」，然後快速滑向「ㅏ[a]」，就可以發出「ㅑ」音囉！

「ㅑ」的發音

跟中文的「鴨」相似

注意聽標準腔調，老師會唸3次

ㅑ [ya] ▶ ㅑ [ya] ▶ ㅑ [ya]

練習寫寫看！

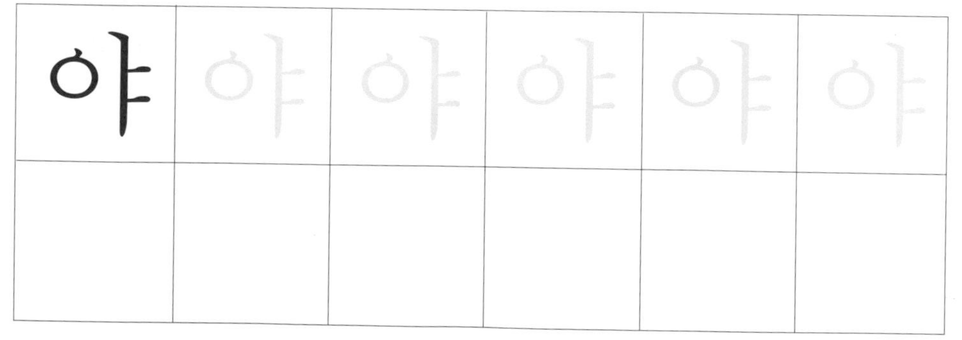

有「ㅑ」的單字 T 02

1	跟老師 慢慢唸	아야 阿 . 鴨 a . ya	啊唷（疼痛時喊痛表現）
2	跟老師 一起唸	심야 心 . 鴨 sim . ya	深夜

有「ㅑ」的會話

1 慢慢唸 不要急
오래간만이야.
o. re . kan . ma. ni . ya
好久不見。

2 跟老師 一起唸
오래간만이야.
喔 . 雷 . 敢 . 罵 . 你 . 鴨
好久不見。

3 跟偶像一起唸
오래간만이야.

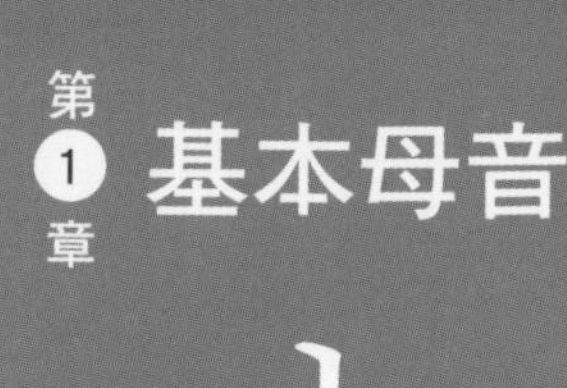

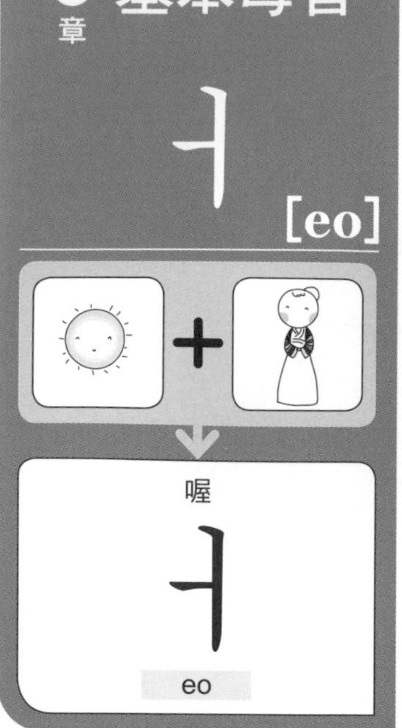

很像注音「ㄛ」。嘴巴放鬆自然張開，比發「ㅏ [a]」要張得小一點，後舌面隆起，嘴唇不是圓形的喔！

「ㅓ」的發音

跟中文的「喔」相似

注意聽標準韓語腔調，老師會唸3次

ㅓ [eo] ▶ ㅓ [eo] ▶ ㅓ [eo]

練習寫寫看！

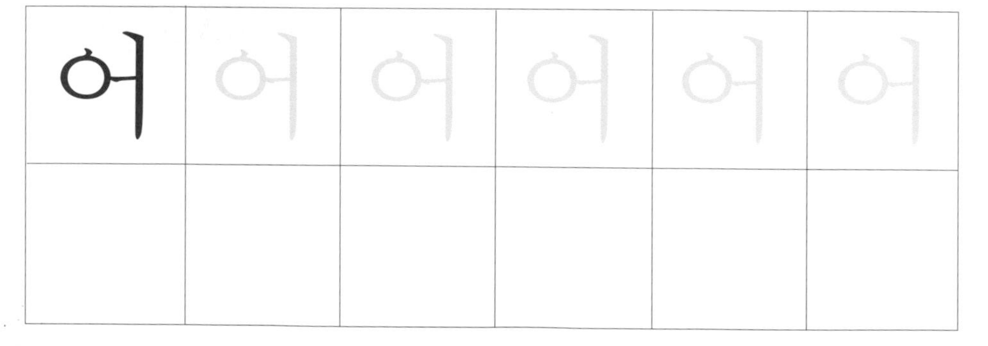

有「ㅓ」的單字 T 03

1	跟老師 慢慢唸	어이 哦．衣 eo．i	喂！（呼叫朋友或比自己小的人用）
2	跟老師 一起唸	이어 衣．哦 i．eo	持續

有「ㅓ」的會話

1	慢慢唸 不要急	있어요. i . sseo . yo	有。
2	跟老師 一起唸	있어요. 己．搜．有	有。

3 跟偶像一起唸

있어요.

ㅕ [yeo]

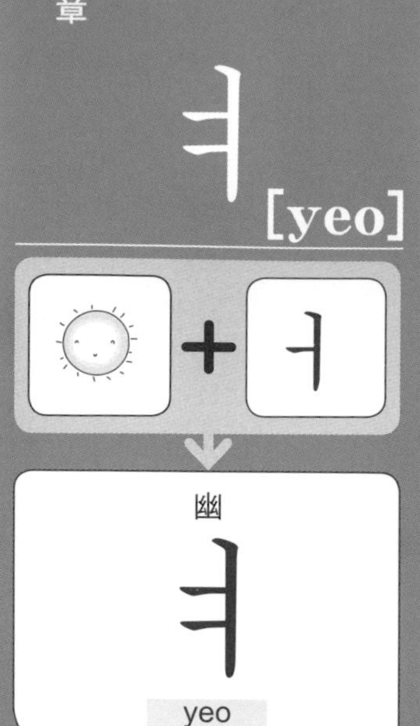

很像注音「ㄧㄛ」。發音的訣竅是，先發「ㅣ[i]」，然後快速滑向「ㅓ[eo]」，就就可以發出「ㅕ」音囉！

「ㅕ」的發音

跟中文的「幽」相似

注意聽標準韓語腔調，老師會唸3次

ㅕ [yeo] ▶ ㅕ [yeo] ▶ ㅕ [yeo]

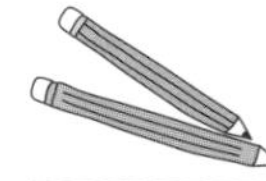

練習寫寫看！

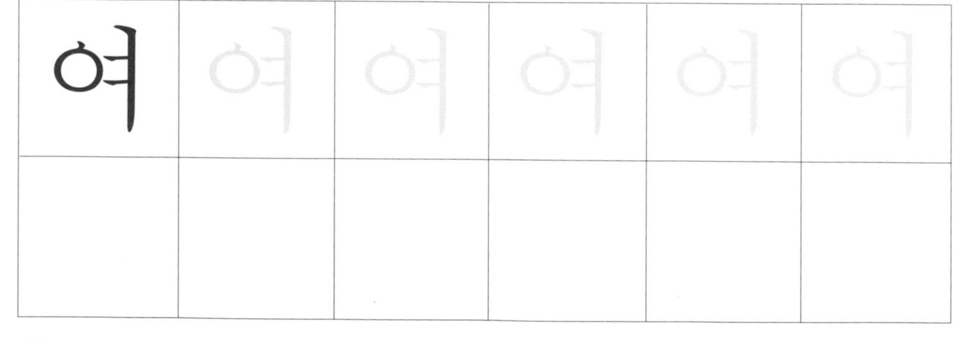

有「ㅕ」的單字

T 04

1	跟老師 慢慢唸	여유 yeo . yu 有 . 友	充裕
2	跟老師 一起唸	여자아이 yeo . ja . a . i 有 . 叉 . 阿 . 伊	女孩子

有「ㅕ」的會話

1 慢慢唸不要急

여보세요.
yeo . bo . se . yo

喂～（打電話時）。

2 跟老師一起唸

여보세요.
有 . 普 . 塞 . 油

喂～（打電話時）。

3 跟偶像一起唸

여보세요.

第1章 基本母音

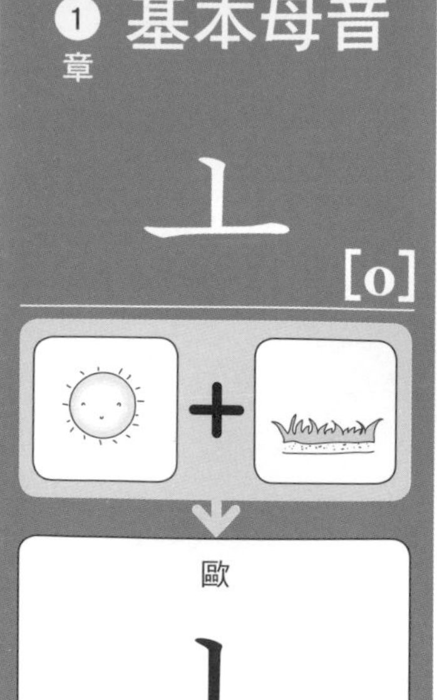

很像注音「ㄡ」。嘴巴微張，後舌面隆起，雙唇向前攏成圓形。

「ㅗ」的發音

跟中文的「歐」相似

注意聽標準韓語腔調，老師會唸3次

ㅗ [o] ▶ ㅗ [o] ▶ ㅗ [o]

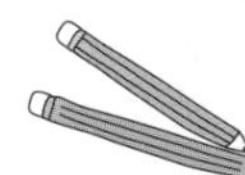

練習寫寫看！

오	오	오	오	오	오

有「ㅗ」的單字 T 05

1	跟老師 慢慢唸	오이 o . i 歐 . 衣	小黃瓜
2	跟老師 一起唸	오늘 o . neul 歐 . 內	今天

有「ㅗ」的會話

1 慢慢唸 不要急

또 오세요.
ddo . o . se . yo

請您再度光臨。

2 跟老師 一起唸

또 오세요.
都 . 歐 . 塞 . 油

請您再度光臨。

3 跟偶像一起唸

또 오세요.

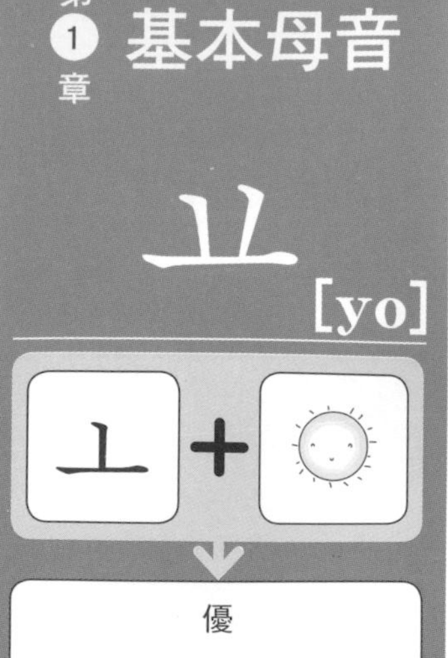

很像注音「一ㄡ」。發音訣竅是，先發「ㅣ[i]」，然後快速滑向「ㅗ[o]」，就可以發出「ㅛ」音囉！

「ㅛ」的發音

跟中文的「優」相似

注意聽標準韓語腔調，老師會唸3次

ㅛ [yo] ▶ ㅛ [yo] ▶ ㅛ [yo]

練習寫寫看！

요	요	요	요	요	요

有「ㅛ」的單字 T 06

1	跟老師 慢慢唸	요 yo 優	墊被
2	跟老師 一起唸	월요일 wo . ryo . il 我 . 優 . 憶兒	星期一

有「ㅛ」的會話

1 慢慢唸 不要急

알았어(요).
a . ra . seo . (yo)

知道了。

2 跟老師 一起唸

알았어(요).
阿 . 拉 . 受 . (優)

知道了。

3 跟偶像一起唸

알았어(요).

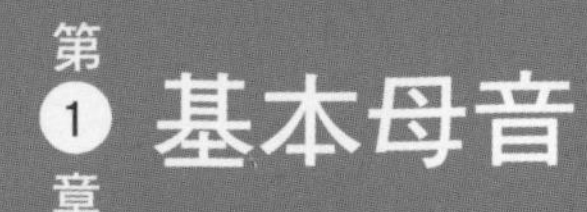

第1章 基本母音

ㅜ [u]

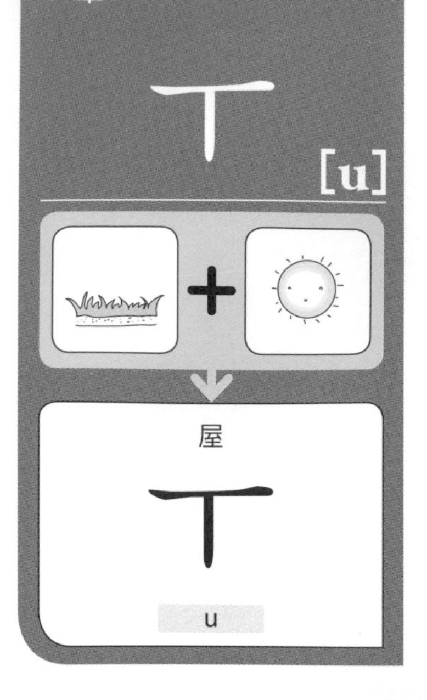

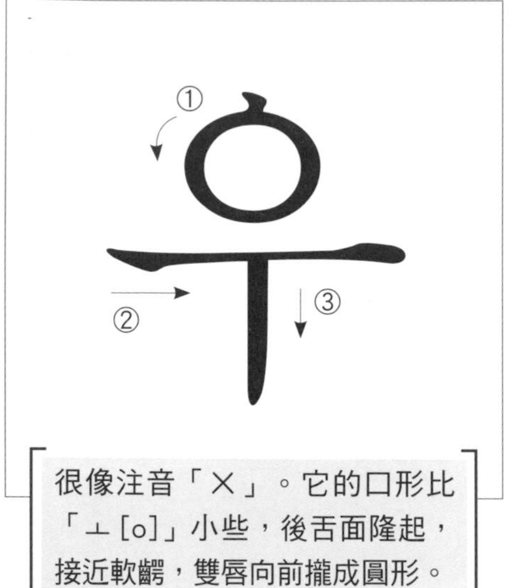

很像注音「ㄨ」。它的口形比「ㅗ[o]」小些，後舌面隆起，接近軟齶，雙唇向前攏成圓形。

「ㅜ」的發音

跟中文的「屋」相似

注意聽標準韓語腔調，老師會唸3次

ㅜ [u] ▶ ㅜ [u] ▶ ㅜ [u]

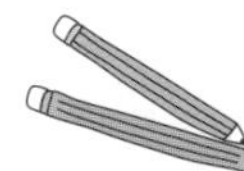

練習寫寫看！

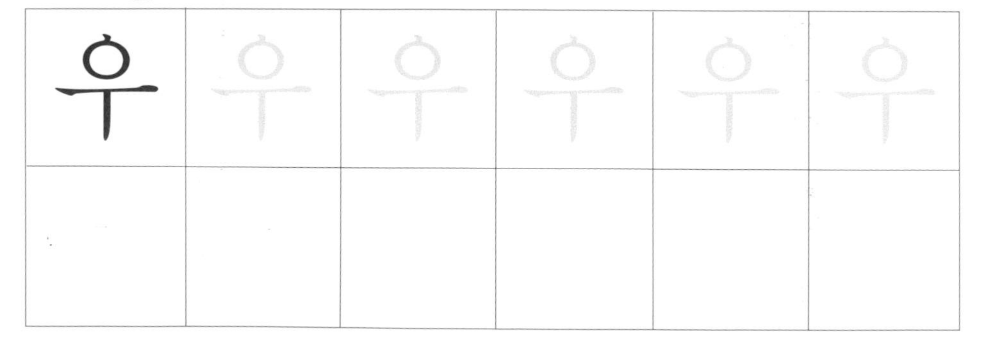

有「ㅜ」的單字 T 07

1	跟老師 慢慢唸	**우유** u . yu 屋 . 優	牛奶
2	跟老師 一起唸	**우산** u . san 屋 . 傘	雨傘

有「ㅜ」的會話

1 慢慢唸 不要急

우리 만난 적 있나요.
u.ri.man.nan.cheo.gin.na.yo

我們以前見過面嗎？

2 跟老師 一起唸

우리 만난 적 있나요.
屋 .里. 滿. 難. 秋. 引. 娜. 喲

我們以前見過面嗎？

跟偶像一起唸

3 **우리 만난 적 있나요.**

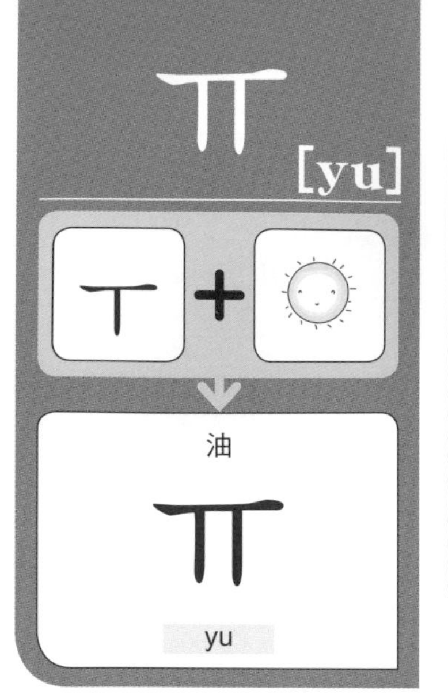

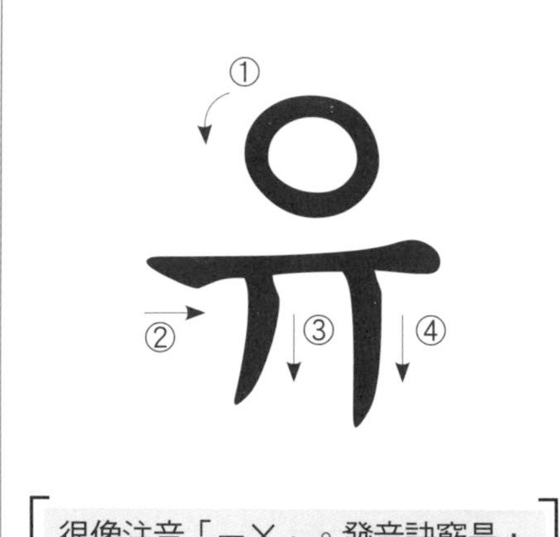

很像注音「ㄧㄨ」。發音訣竅是，先發「ㄧ[i]」，然後快速滑向「ㅜ[u]」，就成為「ㅠ」音囉！

「ㅠ」的發音

跟中文的「油」相似

注意聽標準韓語腔調，老師會唸3次

ㅠ [yu] ▶ ㅠ [yu] ▶ ㅠ [yu]

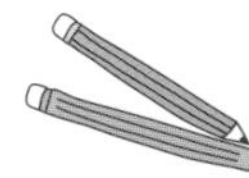

練習寫寫看！

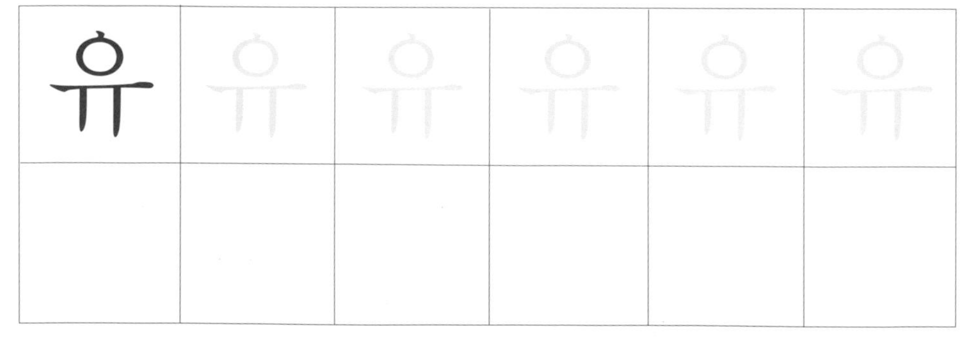

한국어

有「ㅠ」的單字 T08

1	跟老師 慢慢唸	유아 yu . a 油 . 阿	嬰兒
2	跟老師 一起唸	유리 yu . ri 油 . 裡	玻璃

有「ㅠ」的會話

1 慢慢唸 不要急

안됐다(유감).
an . duet . da .(yu . kam)

真是遺憾啊！

2 跟老師 一起唸

안됐다(유감).
安 . 堆 . 打 .(油 . 卡母)

真是遺憾啊！

3 跟偶像一起唸

안됐다(유감).

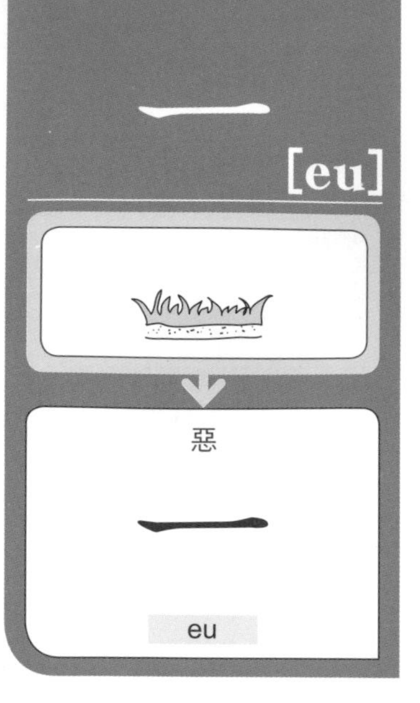

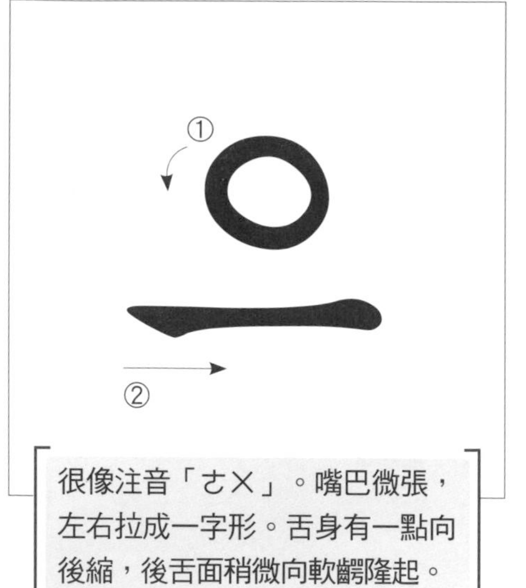

很像注音「ㄜㄨ」。嘴巴微張，左右拉成一字形。舌身有一點向後縮，後舌面稍微向軟齶隆起。

「ㅡ」的發音

跟中文的「惡」相似

注意聽標準韓語腔調，老師會唸3次

ㅡ [eu] ▶ ㅡ [eu] ▶ ㅡ [eu]

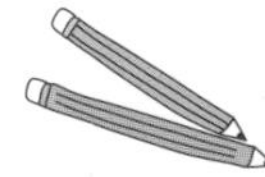

練習寫寫看！

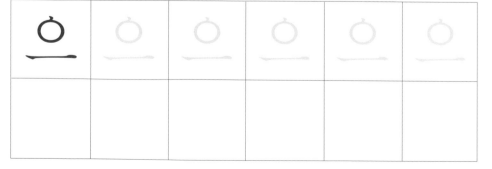

有「ㅡ」的單字 T 09

1	跟老師 慢慢唸	으응 eu.eung 惡．嗯	嗯～（反問或肯定時的表現）
2	跟老師 一起唸	으응 eu.eung 惡．嗯	嗯～（反問或肯定時的表現）

有「ㅡ」的會話

1 慢慢唸 不要急

새해 복 많이 받으세요.

se.he.bok.ma.ni.ba.deu.se.yo

新年快樂！

2 跟老師 一起唸

새해 복 많이 받으세요.

賽．黑．伯．罵．你．爬得．惡．塞．優

新年快樂！

跟偶像一起唸

3 새해 복 많이 받으세요.

第1章 基本母音

很像注音「一」。嘴巴微張，左右拉開一些，舌尖碰到下齒齦，舌面隆起靠近硬齶。

「ㅣ」的發音

跟中文的「衣」相似

注意聽標準韓語腔調，老師會唸3次

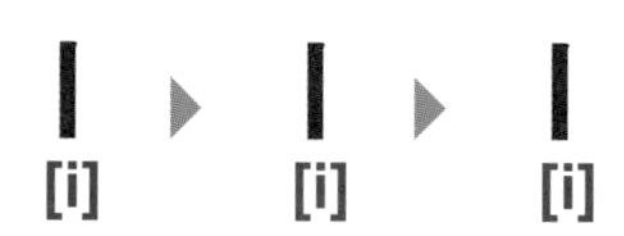

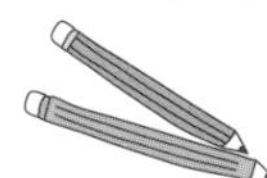

練習寫寫看！

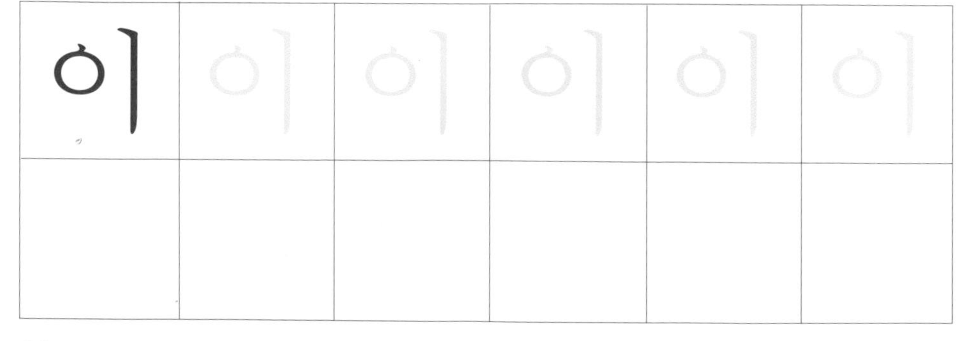

有「ㅣ」的單字 T●10

1	跟老師 慢慢唸	이유 i . yu 衣 . 由	理由
2	跟老師 一起唸	십이 si . pi 細 . 比	十二

有「ㅣ」的會話

1 慢慢唸 不要急

아이고.
a . i . go

我的天啊！

2 跟老師 一起唸

아이고.
阿 . 衣 . 姑

我的天啊！

3 跟偶像一起唸

아이고.

問題練習 1

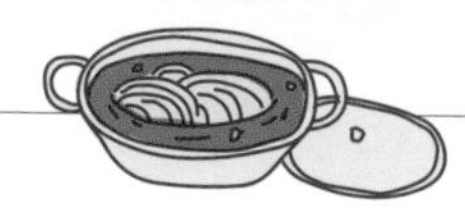

1 寫寫看

아우
아이
아야
어이

2 翻譯練習（中文翻成韓文）

1. 理由 (________)
2. 牛奶 (________)
3. 嬰兒 (________)
4. 玻璃 (________)

3 跟老師唸唸看

T 11

1. 아우	2. 아이
3. 우유	4. 으응

4 聽寫練習

1. ________
2. ________
3. ________
4. ________
5. ________
6. ________
7. ________
8. ________

第2章

子音之❶ 平音

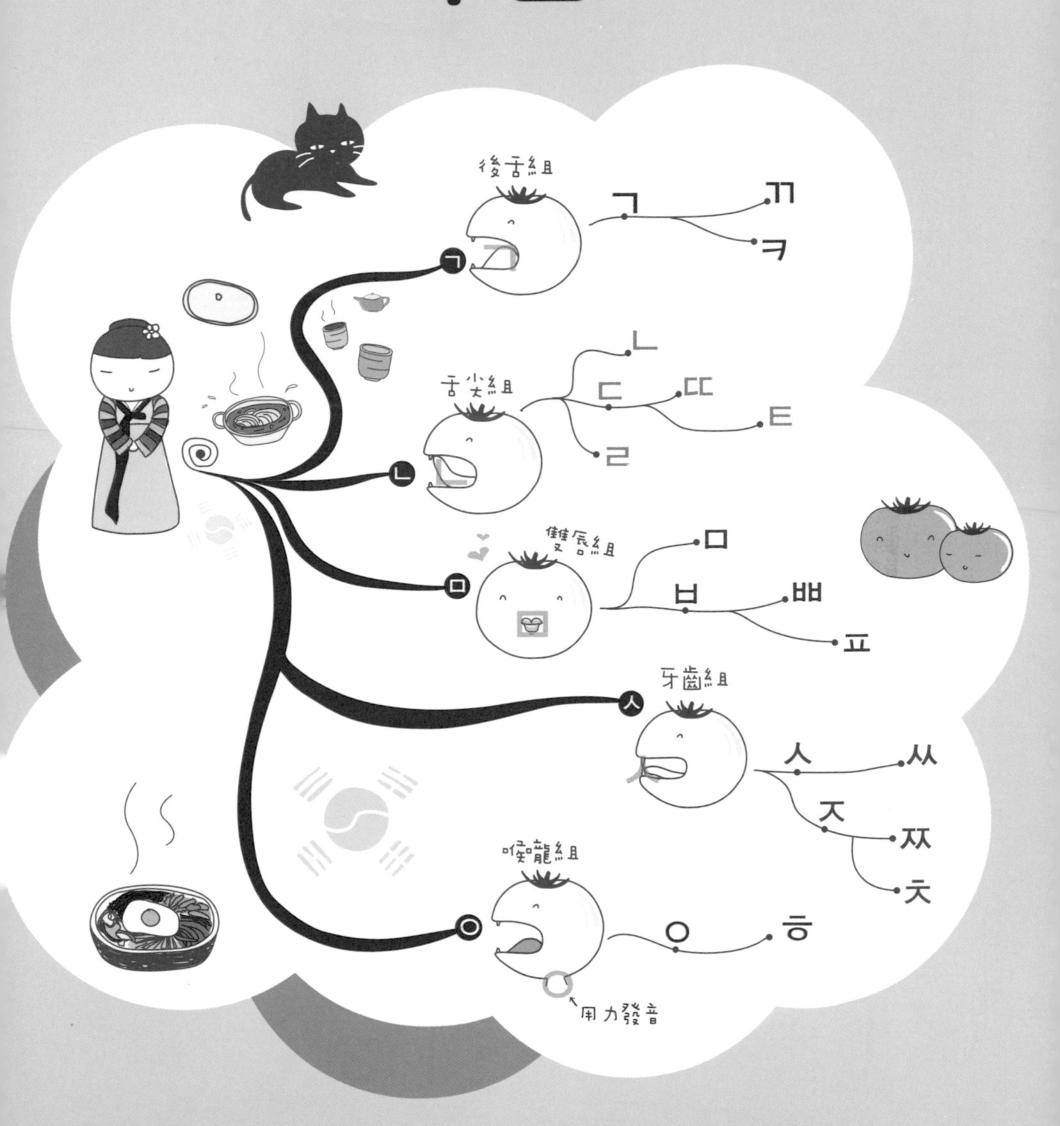

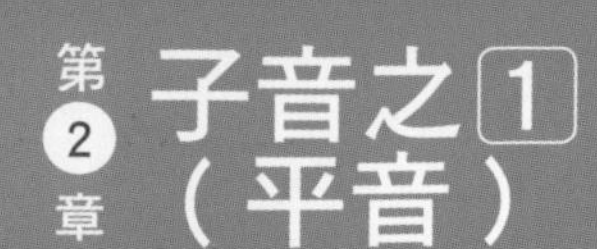

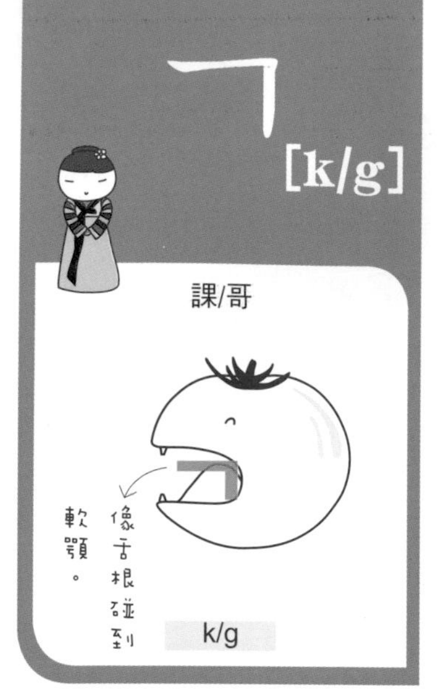

很像注音「ㄎ/ㄍ」。將後舌面隆起，讓舌根碰到軟顎，把氣流檔起來，然後很快放開，讓氣流衝出來發音。

「ㄱ」的發音

在字首發「k」，其它發「g」。

跟中文的「課／哥」相似

注意聽標準韓語腔調，老師會唸3次

ㄱ [g] ▶ ㄱ [g] ▶ ㄱ [g]

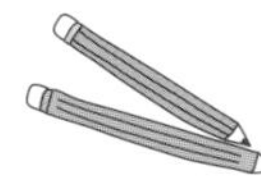

練習寫寫看！

가	가	가	가	가	가
거	거	거	거	거	거

有「ㄱ」的單字 T●12

1	跟老師 慢慢唸	가구 ka . gu 卡 . 姑	家具
2	跟老師 一起唸	거기 keo . gi 科 . 給	那裡

有「ㄱ」的會話

1 慢慢唸 不要急

가자.
ka . ja

快走吧！（一同走）

2 跟老師 一起唸

가자.
卡 . 家

快走吧！（一同走）

3 跟偶像一起唸

가 자.

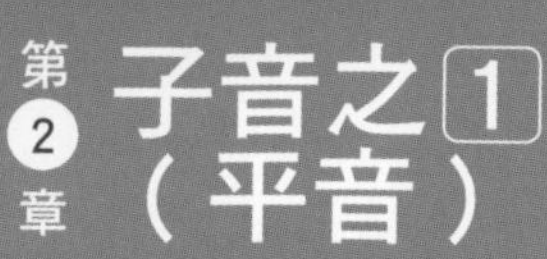

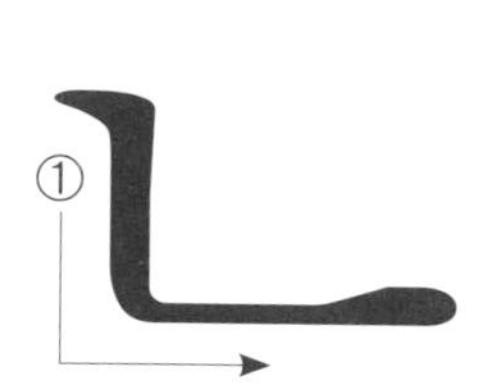

很像注音「ㄋ」。舌尖先頂住上齒齦，把氣流擋住，讓氣流從鼻腔跑出來，同時舌尖離開上齒齦，要振動聲帶喔！

「ㄴ」的發音

跟中文的「呢」相似

注意聽標準韓語腔調，老師會唸3次

ㄴ ▶ ㄴ ▶ ㄴ
[n] [n] [n]

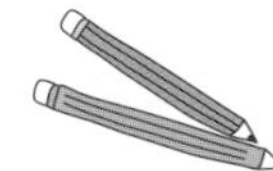

練習寫寫看！

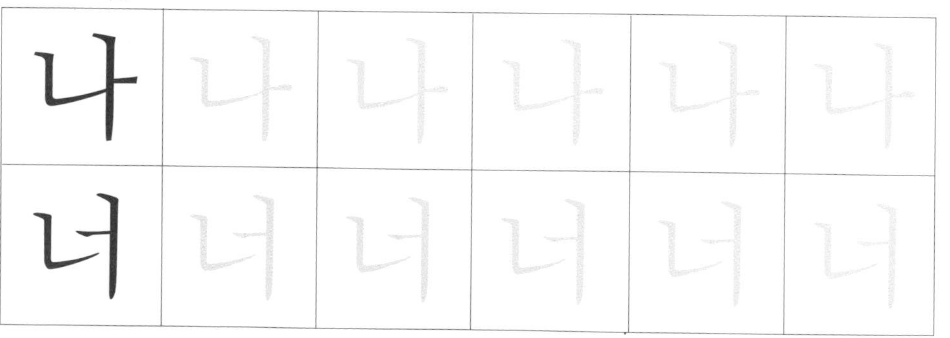

有「ㄴ」的單字 T 13

1	跟老師 慢慢唸	누구 nu．gu 努．姑	誰
2	跟老師 一起唸	나이 na．i 娜．衣	歲

有「ㄴ」的會話

1 慢慢唸 不要急

하나 둘 셋.
ha．na．tur．set

1 2 3開始！（或拉、推等）

2 跟老師 一起唸

하나 둘 셋.
哈．娜．兔耳．誰的

1 2 3開始！（或拉、推等）

3 跟偶像一起唸

하나 둘 셋.

第2章 子音之1（平音）

ㄷ [t/d]

德
t/d
像舌尖頂住上齒齦後面，氣流從上發出。

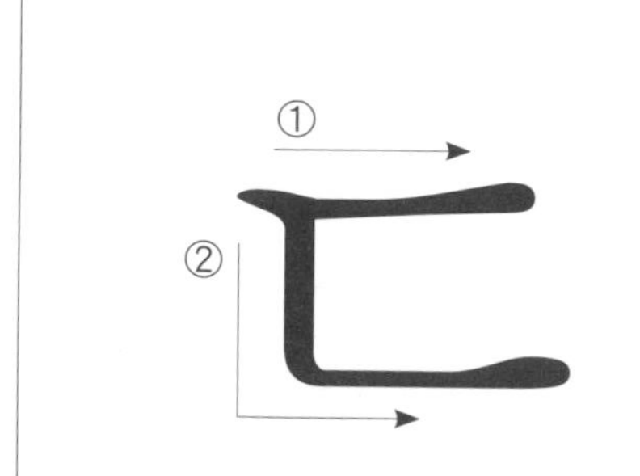

很像注音「ㄊ/ㄉ」。把舌尖放在上齒齦後面，把氣流擋住，然後再慢慢地把舌頭縮回，讓氣流往外送出，並發出聲音。

「ㄷ」的發音

在字首發「t」，其它發「d」。

跟中文的「德」相似

注意聽標準韓語腔調，老師會唸3次

ㄷ [d] ▶ ㄷ [d] ▶ ㄷ [d]

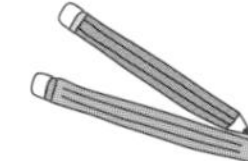

練習寫寫看！

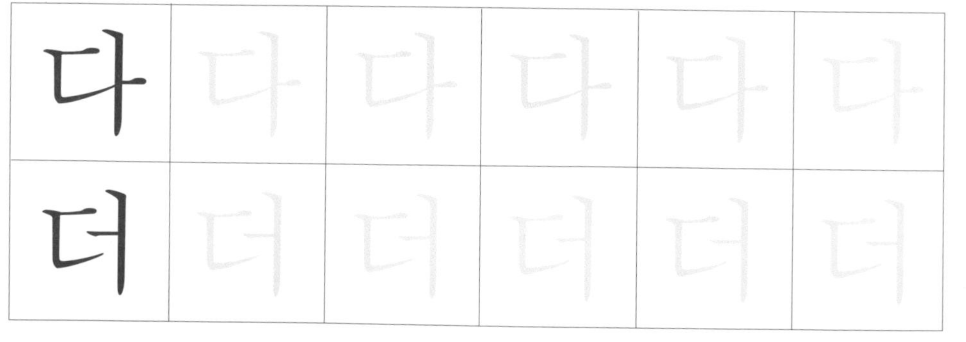

有「ㄷ」的單字 T 14

1	跟老師 慢慢唸	어디 eo . di 喔 . 低	哪裡
2	跟老師 一起唸	구두 ku . du 苦 . 讀	鞋子

有「ㄷ」的會話

1	慢慢唸 不要急	맛있다. ma . sit . da	好吃！
2	跟老師 一起唸	맛있다. 馬 . 西 . 打	好吃1

3 跟偶像一起唸

맛 있 다.

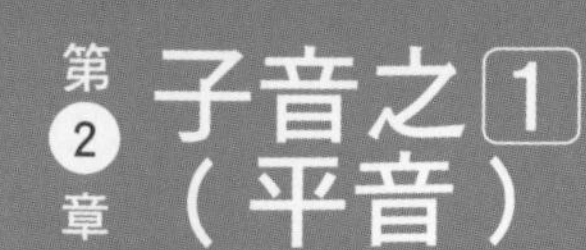

第2章 子音之1（平音）

ㄹ [r/l]

勒
像舌尖翹起
輕碰硬顎，
然後鬆開。
r/l

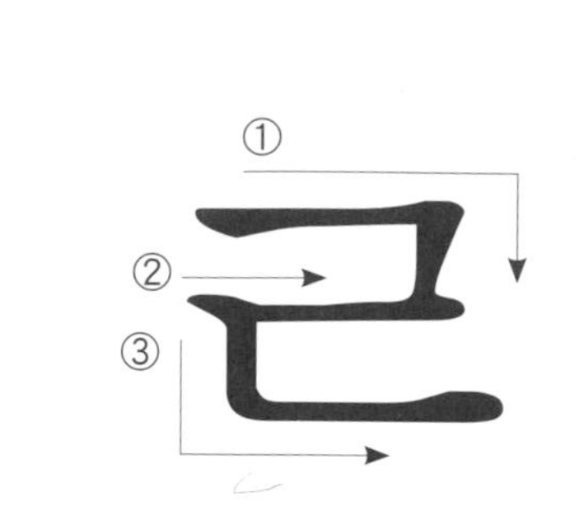

很像注音「儿/ㄌ」。舌尖翹起來輕輕碰硬顎，然後鬆開，使氣流通過口腔發聲。氣流通過舌尖時，舌尖要輕輕彈一下。

在母音前標示「r」，收尾音標示「l」。

「ㄹ」的發音

跟中文的「勒」相似

注意聽標準韓語腔調，老師會唸3次

ㄹ [l] ▶ ㄹ [l] ▶ ㄹ [l]

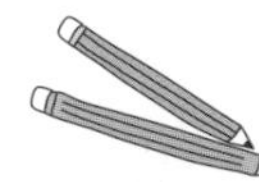

練習寫寫看！

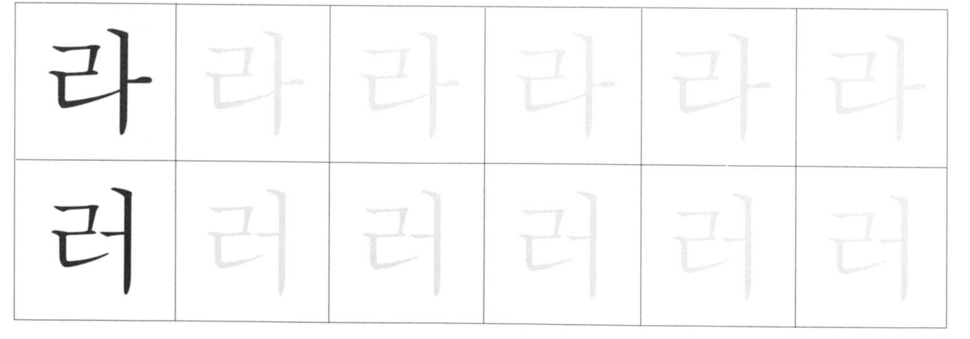

有「ㄹ」的單字 T 15

1	跟老師 慢慢唸	나라 na . ra 娜 . 拉	國家
2	跟老師 一起唸	우리 u . ri 屋 . 李	我們

有「ㄹ」的會話

1 慢慢唸 不要急

한국말을 몰라요.
han.kuk.ma.lul.mo.la.yo

我不會說韓語。

2 跟老師 一起唸

한국말을 몰라요.
憨.哭.罵.了.莫.拉.油

我不會說韓語。

跟偶像一起唸

3 한국말을 몰라요.

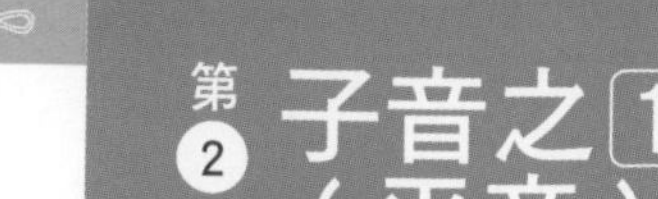

ㅁ [m]

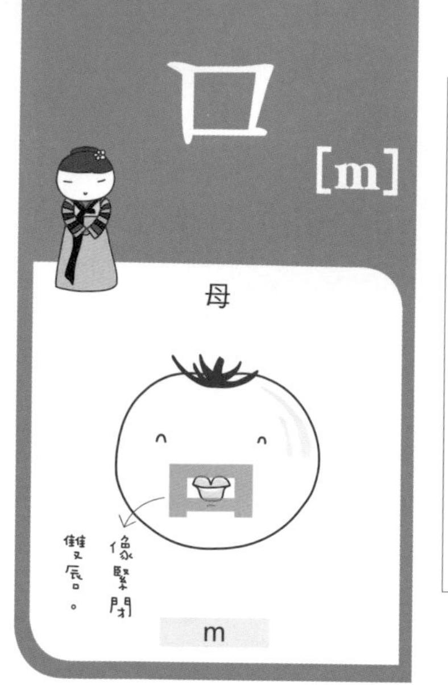

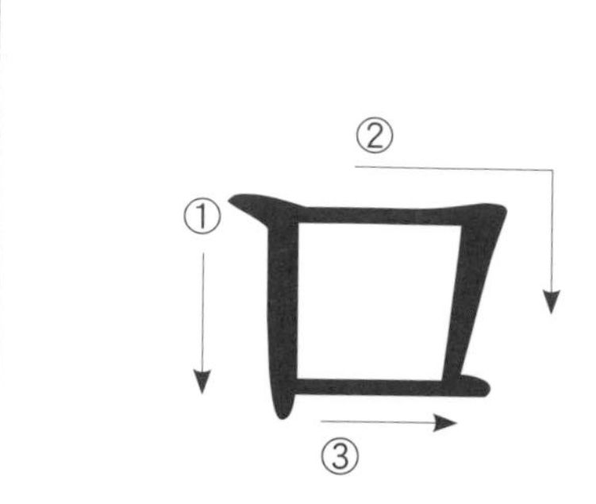

很像注音「ㄇ」。緊緊地閉住雙唇，把氣流擋住，讓氣流從鼻腔中跑出來，同時雙唇張開，振動聲帶發聲。

「ㅁ」的發音

跟中文的「母」相似

注意聽標準韓語腔調，老師會唸3次

ㅁ [m] ▶ ㅁ [m] ▶ ㅁ [m]

練習寫寫看！

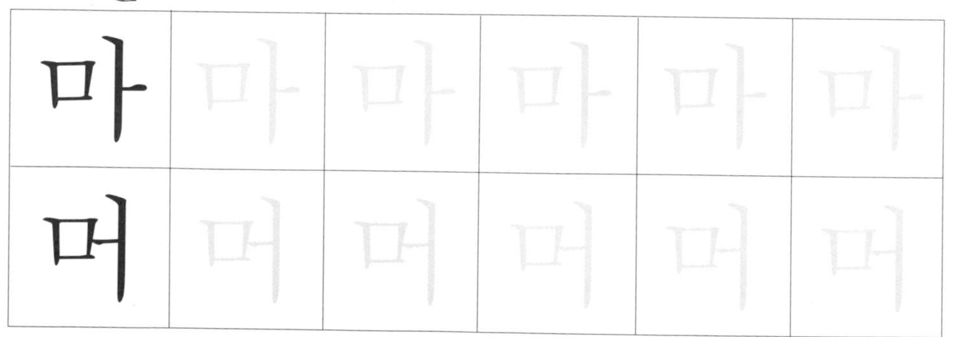

有「ㅁ」的單字 T●16

1 跟老師 慢慢唸

머리

meo . ri

末 . 李

頭

2 跟老師 一起唸

모기

mo . gi

某 . 給

蚊子

有「ㅁ」的會話

1 慢慢唸 不要急

장난치지마!

chang.nan.chi.ji.ma

不要鬧了！

2 跟老師 一起唸

장난치지마!

張 . 難 . 氣 . 奇 . 馬

不要鬧了！

3 跟偶像一起唸

장난치지 마!

第2章 子音之1（平音）

ㅂ [p/b]

波/伯
像緊閉雙唇後，嘴張開
氣流從嘴往外送出。
p/b

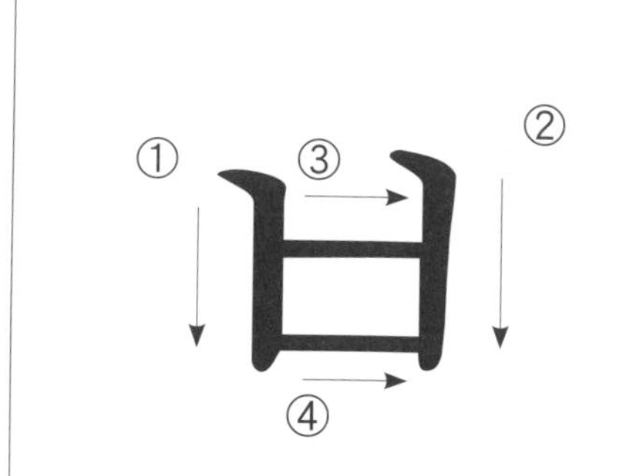

很像注音「ㄆ/ㄅ」。閉緊雙唇，把氣流擋住，然後在張開嘴巴的同時，把嘴巴裡面的氣流往外送出，並發出聲音。

「ㅂ」的發音

在字首發「p」，其它發「b」。

跟中文的「波/伯」相似

注意聽標準韓語腔調，老師會唸3次

ㅂ [b] ▶ ㅂ [b] ▶ ㅂ [b]

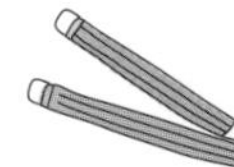

練習寫寫看！

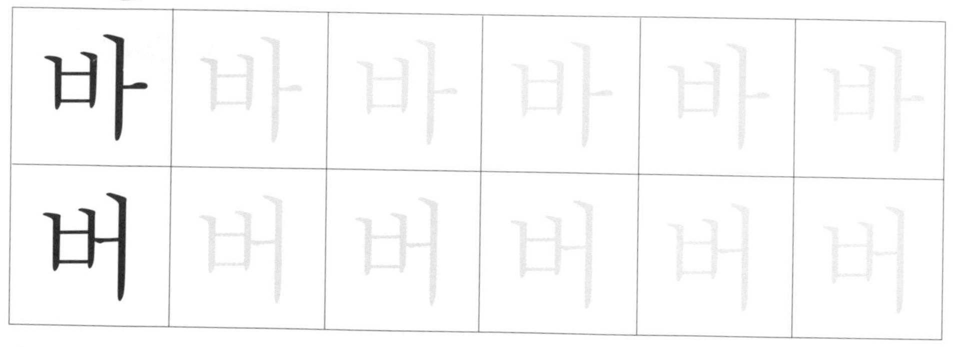

한국어

有「ㅂ」的單字 T 17

1	跟老師 慢慢唸	바보 pa . bo 爬 . 普	傻瓜、笨蛋
2	跟老師 一起唸	비 pi 皮	雨

有「ㅂ」的會話

1 慢慢唸 不要急

바보같애.
pa . bo . ka . te

真蠢呀！

2 跟老師 一起唸

바보같애.
爬 . 普 . 咖 . 特

真蠢呀！

3 跟偶像一起唸

바보같애.

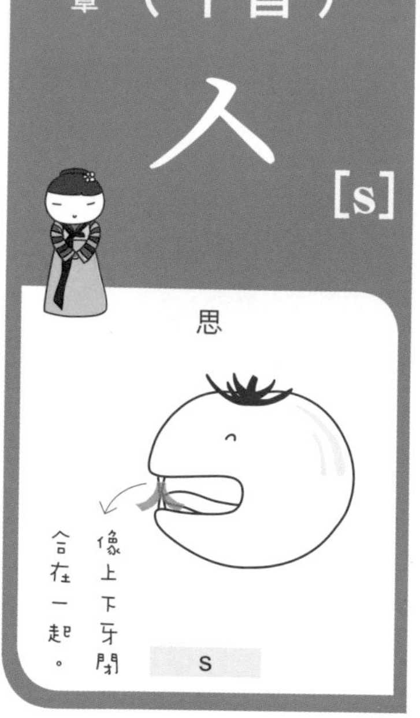

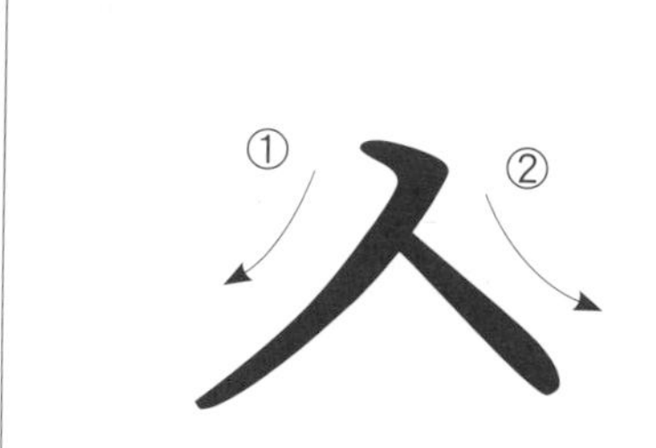

很像注音「ㄙ」。舌尖抵住下齒背，前舌面接近硬齶，使氣流從前舌面跟硬齶中間的隙縫摩擦而出。

「ㅅ」的發音

跟中文的「思」相似

注意聽標準韓語腔調，老師會唸3次

ㅅ [s] ▶ ㅅ [s] ▶ ㅅ [s]

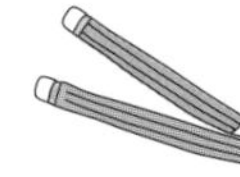

練習寫寫看！

사	사	사	사	사	사
서	서	서	서	서	서

有「ㅅ」的單字 T●18

1	跟老師 慢慢唸	도시 to . si 土 . 細	都市
2	跟老師 一起唸	비서 pi . seo 皮 . 瘦	秘書

有「ㅅ」的會話

1 慢慢唸 不要急

사랑해요.
sa . rang . he . yo

我愛你！

2 跟老師 一起唸

사랑해요.
莎 . 郎 . 黑 . 油

我愛你！

3 跟偶像一起唸

사 랑 해 요.

第2章 子音之1（平音）

ㅇ [o/ng]

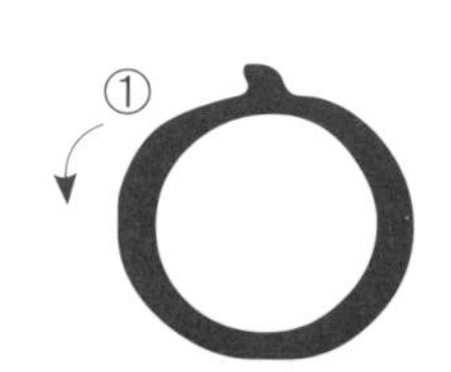

「ㅇ」很特別，在母音前面、首音位置時是不發音的，它只是為了讓字形看起來整齊美觀，拿來裝飾用的。只有在母音後面，作為韻尾的時候才發音為 [ng]。

「ㅇ」的發音

跟中文的「O/嗯」相似

注意聽標準韓語腔調，老師會唸3次

ㅇ [ng] ▶ ㅇ [ng] ▶ ㅇ [ng]

練習寫寫看！

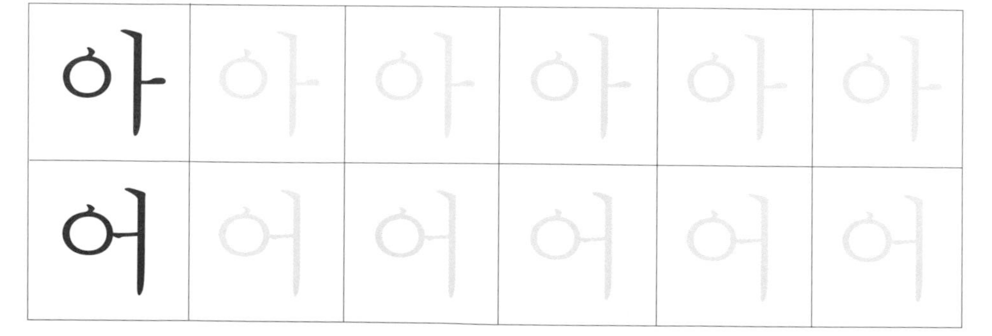

有「ㅇ」的單字

T 19

1	跟老師 慢慢唸	여기 yeo . gi 有 . 給	這裡
2	跟老師 一起唸	아기 a . gi 阿 . 給	嬰孩

有「ㅇ」的會話

1	慢慢唸 不要急	잘 지내세요? char . chi . ne . se . yo	你好嗎？
2	跟老師 一起唸	잘 지내세요? 茶 . 奇 . 內 . 誰 . 喲	你好嗎？

跟偶像一起唸

3 잘 지내세요?

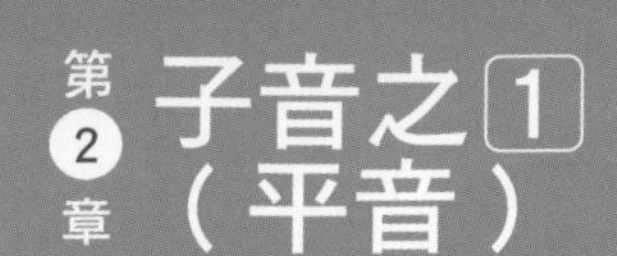

ㅈ [ch/j]

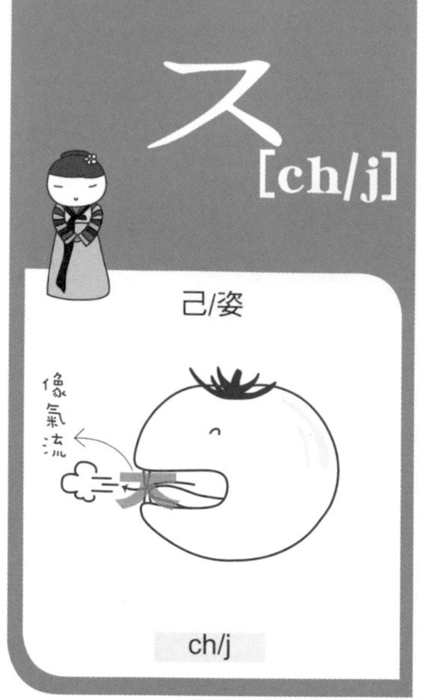

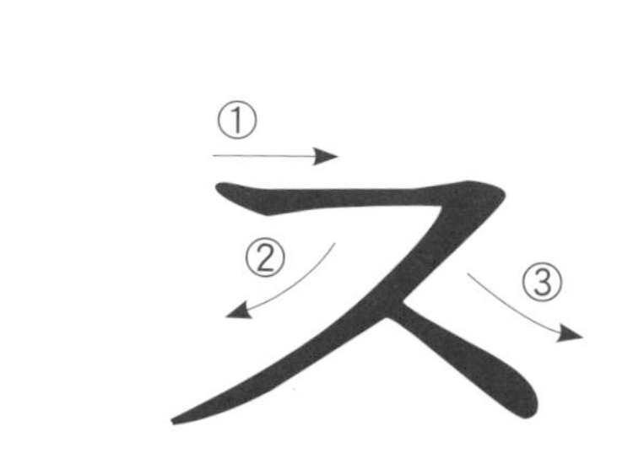

很像注音「ㄘ/ㄗ」。舌尖抵住下齒齦，前舌面向上接觸硬齶，把氣流擋住，在鬆開的瞬間後舌面向上隆起，使氣流從中間的隙縫摩擦而出。

「ㅈ」的發音

在字首發「ch」，其它發「j」。

跟中文的「己／姿」相似

注意聽標準韓語腔調，老師會唸3次

ㅈ [j] ▸ ㅈ [j] ▸ ㅈ [j]

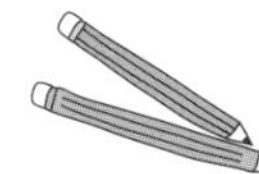

練習寫寫看！

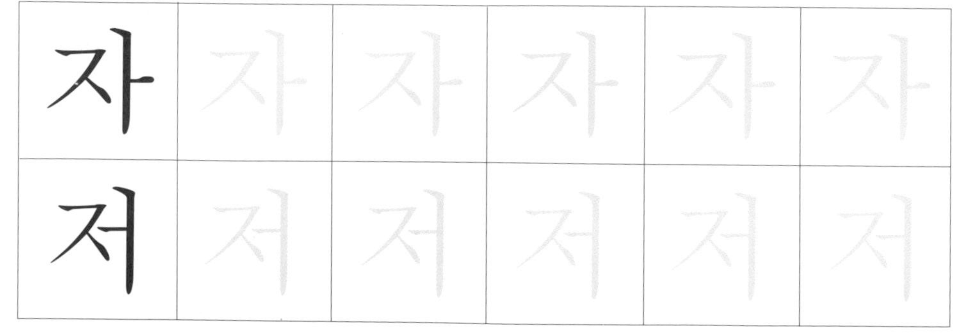

有「ㅈ」的單字 T 20

1	跟老師 慢慢唸	주소 chu . so 阻 . 嫂	地址
2	跟老師 一起唸	지구 chi . gu 奇 . 姑	地球

有「ㅈ」的會話

1	慢慢唸 不要急	또 만나자. tto . man . na . cha	下次再見！
2	跟老師 一起唸	또 만나자. 都 . 滿 . 娜 . 恰	下次再見！

3 跟偶像一起唸

또 만나자.

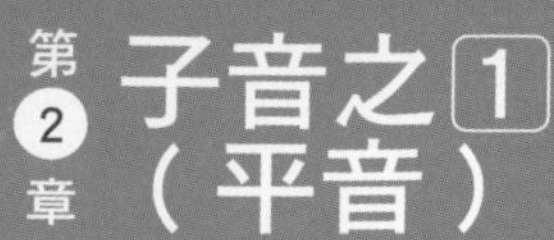

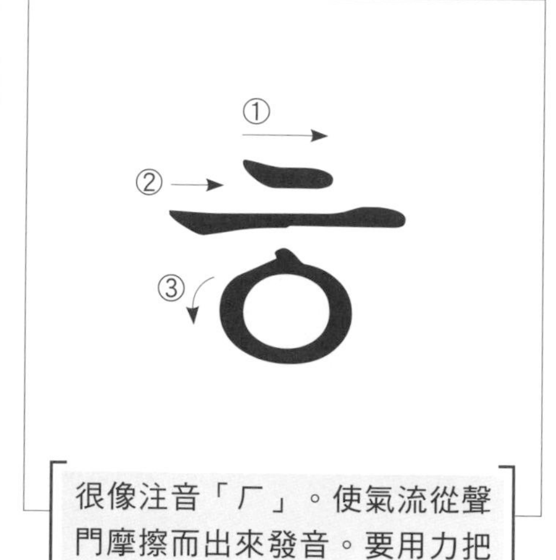

很像注音「ㄏ」。使氣流從聲門摩擦而出來發音。要用力把氣送出。

「ㅎ」的發音

跟中文的「喝」相似

注意聽標準韓語腔調，老師會唸3次

ㅎ [h] ▶ ㅎ [h] ▶ ㅎ [h]

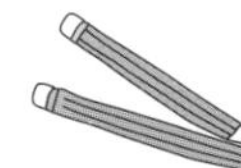

練習寫寫看！

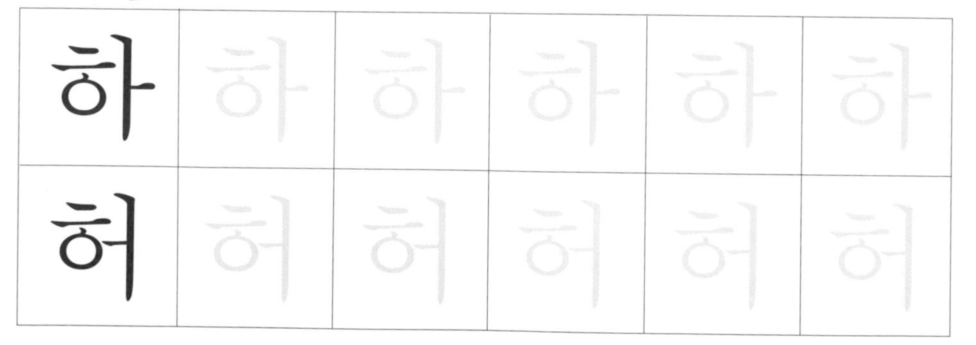

有「ㅎ」的單字

1	跟老師 慢慢唸	휴지 hyu . ji 休 . 幾	面紙、 衛生紙
2	跟老師 一起唸	혀 hyeo 喝有	舌頭

有「ㅎ」的會話

1 慢慢唸 不要急

하지마(요).
ha . ji . ma . (yo)

住手；不要（啦）！

2 跟老師 一起唸

하지마(요).
哈 . 幾 . 馬 . (油)

住手；不要（啦）！

3 跟偶像一起唸

하지마(요).

問題練習 1

1 寫寫看

가구
나라
모기
구두

2

翻譯練習（中文翻成韓文）

1.傻瓜、笨蛋　（________）

2.都市　（________）

3.秘書　（________）

4.誰　（________）

3

跟老師唸唸看

T 22

1. 주소	2. 지구
3. 휴지	4 .혀

4

聽寫練習

1. ________
2. ________
3. ________
4. ________
5. ________
6. ________
7. ________
8. ________

第 3 章

子音之❷
送氣音

ㅊ [ch]

很像注音「ㄘ/ㄑ」。發音方法跟「ㅈ」一樣，只是發「ㅊ」時要加強送氣。

「ㅊ」的發音

跟中文的「此」相似

注意聽標準韓語腔調，老師會唸3次

ㅊ [ch] ▶ ㅊ [ch] ▶ ㅊ [ch]

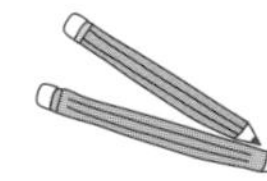

練習寫寫看！

차	차	차	차	차	차
초	초	초	초	초	초

有「ㅊ」的單字 T 23

1	跟老師 慢慢唸	**차** cha 擦	茶、車子
2	跟老師 一起唸	**고추** ko . chu 姑 . 醋	辣椒

有「ㅊ」的會話

1	慢慢唸 不要急	**아차!** a . cha	啊呀！
2	跟老師 一起唸	**아차!** 阿 . 擦	啊呀！

3 跟偶像一起唸

아차.

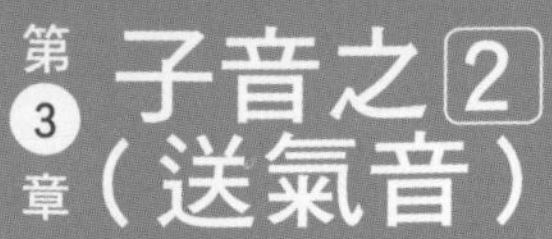

第3章 子音之2（送氣音）

ㅋ [k]

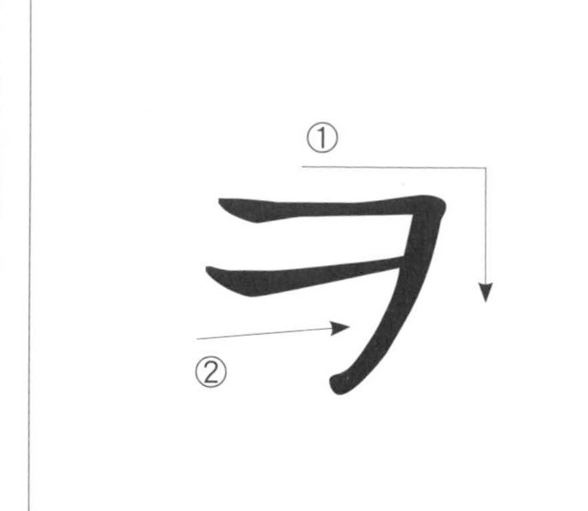

很像注音「ㄎ」。發音方法跟「ㄱ」一樣，只是發「ㅋ」時要加強送氣。

「ㅋ」的發音

跟中文的「棵」相似

注意聽標準韓語腔調，老師會唸3次

ㅋ [k] ▶ ㅋ [k] ▶ ㅋ [k]

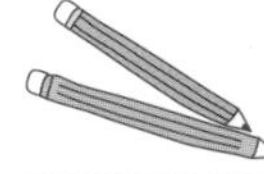

練習寫寫看！

카	카	카	카	카	카
코	코	코	코	코	코

有「ㅋ」的單字 T 24

1	跟老師 慢慢唸	쿠키 ku . ki 酷 . 渴意	餅乾
2	跟老師 一起唸	카드 ka . deu 卡 . 的	卡片

有「ㅋ」的會話

1 慢慢唸 不要急

티머니카드 좀 주세요.
ti.meo.ni.ka.deu.jom.ju.se.yo

請給我一個 T-money交通卡。

2 跟老師 一起唸

티머니카드 좀 주세요.
提.末.妮.卡.都.從.阻.雖.喲

請給我一個 T-money交通卡。

跟偶像一起唸

3 **티머니카드 좀 주세요.**

第3章 子音之2（送氣音）

ㅌ [t]

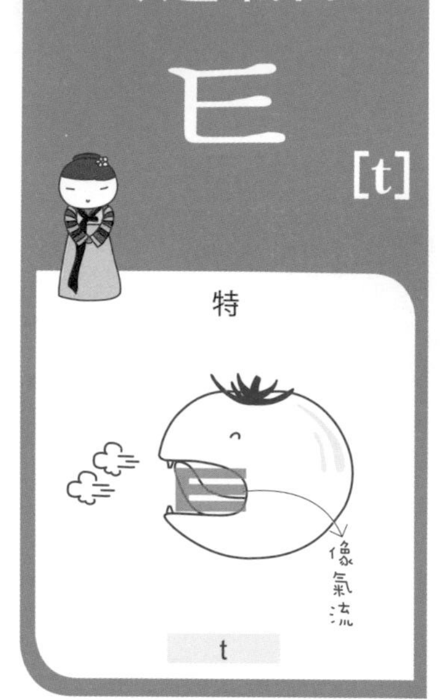

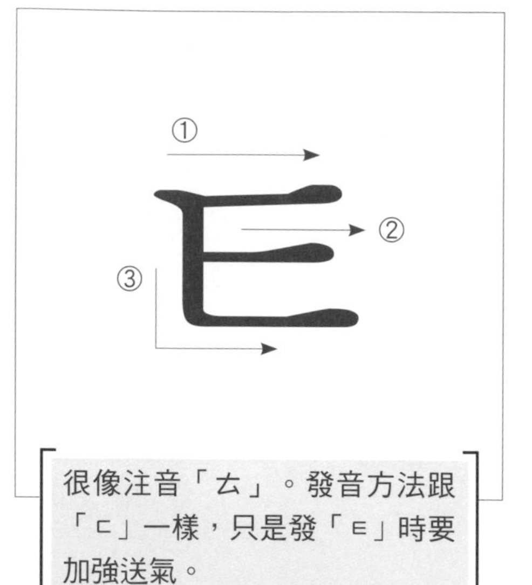

很像注音「ㄊ」。發音方法跟「ㄷ」一樣，只是發「ㅌ」時要加強送氣。

「ㅌ」的發音

跟中文的「特」相似

注意聽標準韓語腔調，老師會唸3次

ㅌ [t] ▶ ㅌ [t] ▶ ㅌ [t]

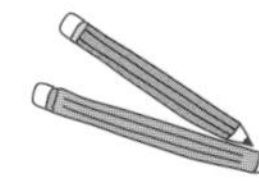

練習寫寫看！

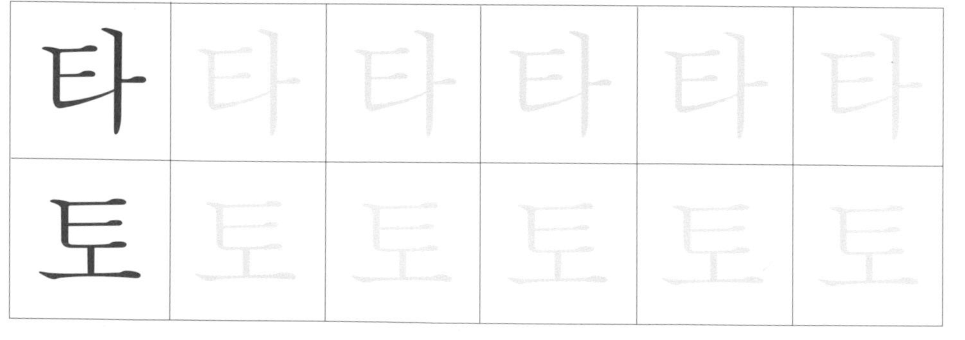

有「ㅌ」的單字 T 25

1	跟老師 慢慢唸	티셔츠 ti.syeo.cheu 提．秀．恥	T恤
2	跟老師 一起唸	코트 ko . teu 扣 . 特	大衣

有「ㅌ」的會話

1 慢慢唸 不要急

스타일이 좋다.
seu .ta . i . ri . chot .ta

很有型！

2 跟老師 一起唸

스타일이 좋다.
司．她．憶．立．糗．他

很有型！

跟偶像一起唸

3 스타일이 좋다.

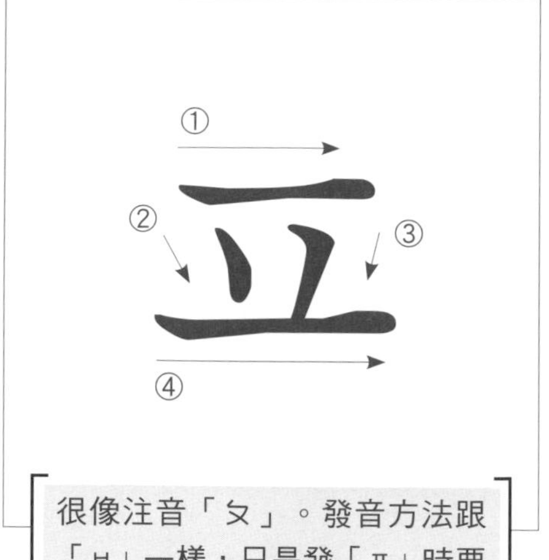

很像注音「ㄆ」。發音方法跟「ㅂ」一樣，只是發「ㅍ」時要加強送氣。

「ㅍ」的發音

跟中文的「坡」相似

注意聽標準韓語腔調，老師會唸3次

ㅍ [p] ▶ ㅍ [p] ▶ ㅍ [p]

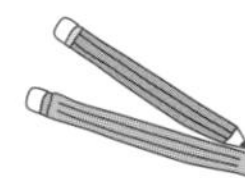

練習寫寫看！

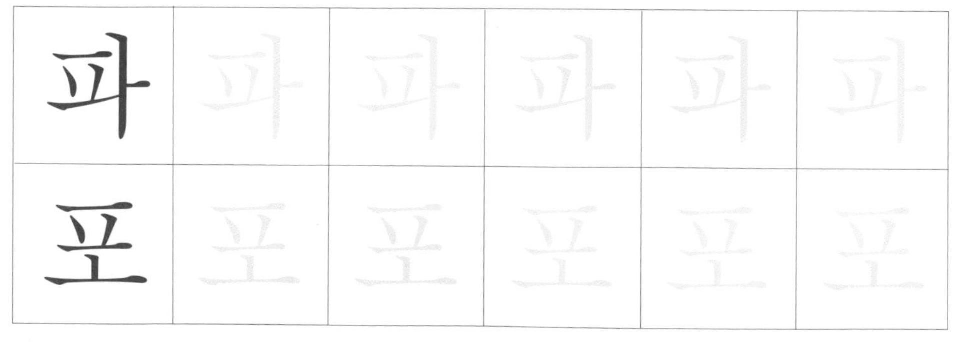

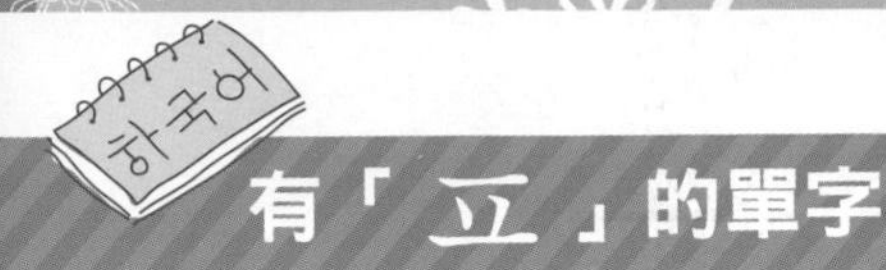

有「ㅍ」的單字 T 26

1	跟老師 慢慢唸	커피 keo . pi 口 . 匹	咖啡
2	跟老師 一起唸	우표 u . pyo 屋 . 票	郵票

有「ㅍ」的會話

1	慢慢唸 不要急	배고파. bae . go . pa	肚子餓了！
2	跟老師 一起唸	배고파. 配 . 勾 . 怕	肚子餓了！

3 跟偶像一起唸

배고파.

問題練習 1

1 寫寫看

쿠키
코트
고추
커피

2

翻譯練習（中文翻成韓文）

1.茶、車子 (________)

2.餅乾 (________)

3.卡片 (________)

4.T恤 (________)

3

跟老師唸唸看

T 27

1. 코트	2. 커피
3. 고추	4. 우표

4

聽寫練習

1. ________
2. ________
3. ________
4. ________
5. ________
6. ________
7. ________
8. ________

第 4 章

子音之③
緊音

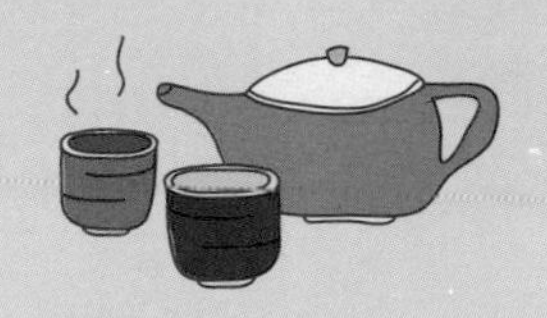

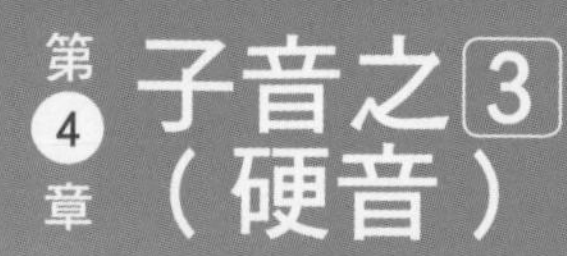

第4章 子音之3（硬音）

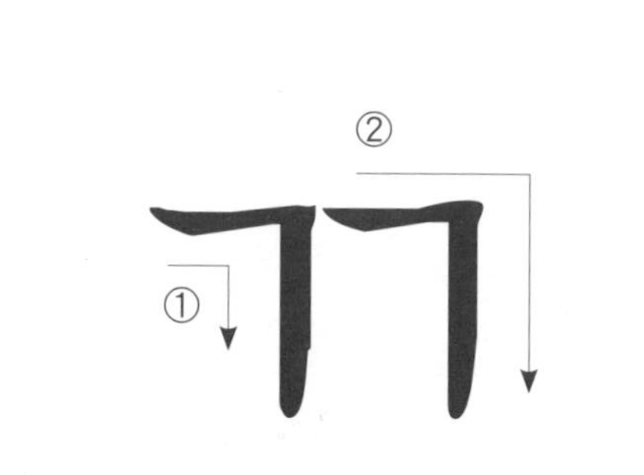

很像用力唸注音「ㄍ丶」。與「ㄱ」的發音基本相同，只是要用力唸。發音時必須使發音器官先緊張起來，讓氣流在喉腔受阻，然後衝破聲門，發生擠喉現象。

「ㄲ」的發音

跟中文的「哥」相似

注意聽標準韓語腔調，老師會唸3次

ㄲ [kk] ▶ ㄲ [kk] ▶ ㄲ [kk]

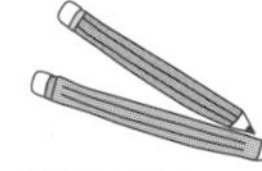

練習寫寫看！

까	까	까	까	까	까
꼬	꼬	꼬	꼬	꼬	꼬

有「ㄲ」的單字 T 28

1	跟老師 慢慢唸	꼬마 kko . ma 姑 . 馬	小不點
2	跟老師 一起唸	아까 a . kka 阿 . 嘎	剛才

有「ㄲ」的會話

1	慢慢唸 不要急	바쁘십니까? ba. bbeu. sim. ni. kka	忙嗎？
2	跟老師 一起唸	바쁘십니까? 爬 . 不 . 新 . 你 . 嘎	忙嗎？

3 跟偶像一起唸

바쁘십니까?

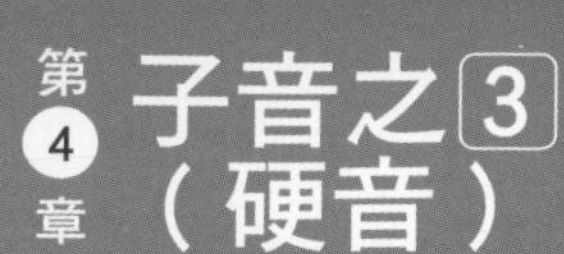

ㄸ [tt]

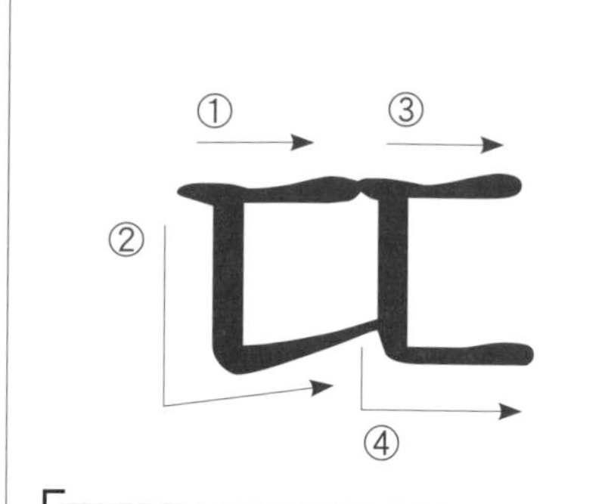

很像用力唸注音「ㄉ、」。與「ㄷ」基本相同，只是要用力唸。發音時必須使發音器官先緊張起來，讓氣流在喉腔受阻，然後衝破聲門，發生擠喉現象。

「ㄸ」的發音

跟中文的「德」相似

注意聽標準韓語腔調，老師會唸3次

ㄸ [tt] ▶ ㄸ [tt] ▶ ㄸ [tt]

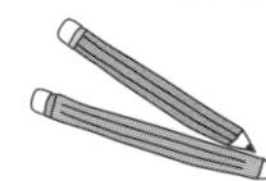

練習寫寫看！

따	따	따	따	따	따
또	또	또	또	또	또

有「ㄸ」的單字 T29

1	跟老師 慢慢唸	또 tto 豆	那麼，又
2	跟老師 一起唸	떠나다 tteo . na . da 都 . 娜 . 打	離開

有「ㄸ」的會話

1 慢慢唸 不要急
떠들지 말아요!
tteo . deur . ji . ma . ra . yo
別吵了！

2 跟老師 一起唸
떠들지 말아요!
搭 . 的 . 雞 . 罵 . 拉 . 喲
別吵了！

3 跟偶像一起唸
떠들지 말아요!

ㅃ [pp]

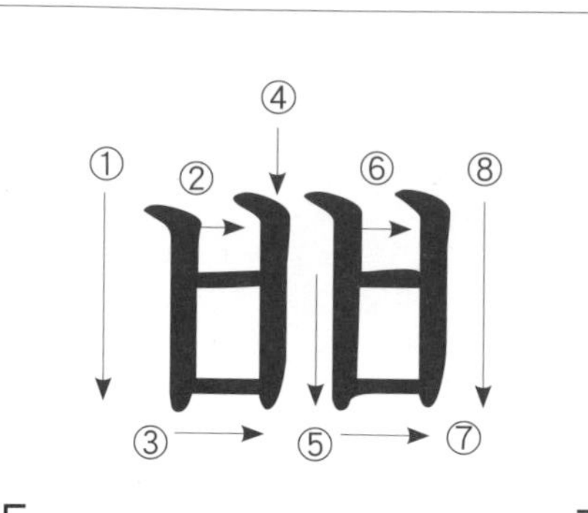

很像用力唸注音「ㄅ、」。與「ㅂ」基本相同，只是要用力唸。發音時必須使發音器官先緊張起來，讓氣流在喉腔受阻，然後衝破聲門，發生擠喉現象。

「ㅃ」的發音

跟中文的「伯」相似

注意聽標準韓語腔調，老師會唸3次

ㅃ [pp] ▶ ㅃ [pp] ▶ ㅃ [pp]

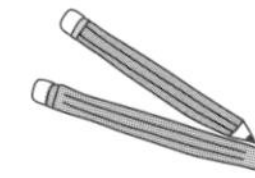

練習寫寫看！

빠	빠	빠	빠	빠	빠
뽀	뽀	뽀	뽀	뽀	뽀

有「ㅃ」的單字 T 30

1	跟老師 慢慢唸	오빠 o . ppa 喔 . 爸	哥哥
2	跟老師 一起唸	뺨 ppyam 飄鴨	臉頰

有「ㅃ」的會話

1 慢慢唸 不要急
오빠, 사랑해요.
o . ppa .sa . rang . hae . yo
哥哥，我愛你！

2 跟老師 一起唸
오빠, 사랑해요.
喔 . 爸 . 莎 . 郎 . 黑 . 油
哥哥，我愛你！

3 跟偶像一起唸
오빠, 사랑해요.

第4章 子音之3（硬音）

ㅆ [ss]

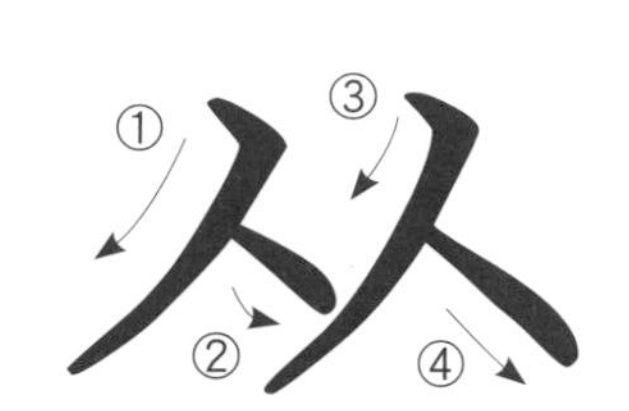

很像用力唸注音「ㄙ丶」。與「ㅅ」基本相同，只是要用力唸。發音時必須使發音器官先緊張起來，讓氣流在喉腔受阻，然後衝破聲門，發生擠喉現象。

「ㅆ」的發音

跟中文的「思」相似

注意聽標準韓語腔調，老師會唸3次

ㅆ [ss] ▶ ㅆ [ss] ▶ ㅆ [ss]

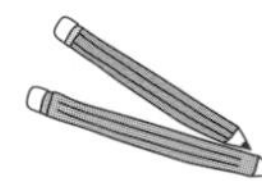

練習寫寫看！

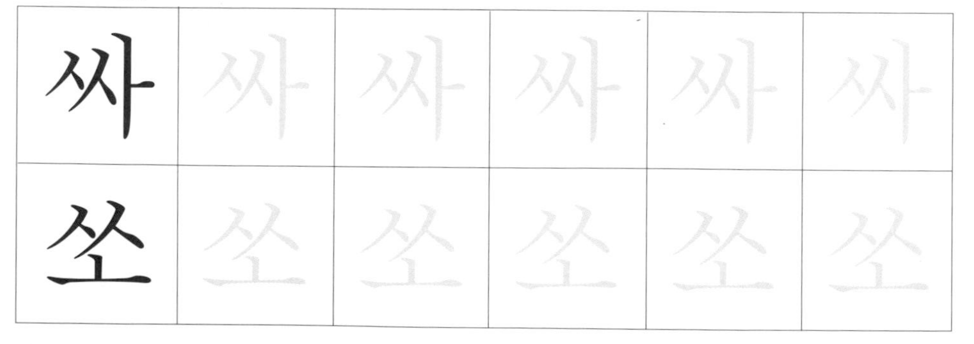

有「ㅆ」的單字 T 31

1	跟老師 慢慢唸	싸우다 ssa . u . da 沙 . 屋 . 打	打架
2	跟老師 一起唸	쏘 다 sso . da 受 . 打	射、擊

有「ㅆ」的會話

1 慢慢唸 不要急

싸우지 마!
ssa . u . ji . ma

別打了！

2 跟老師 一起唸

싸우지 마!
沙 . 屋 . 騎 . 馬

別打了！

3 跟偶像一起唸

싸우지 마!

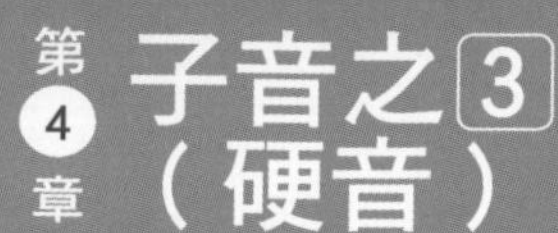

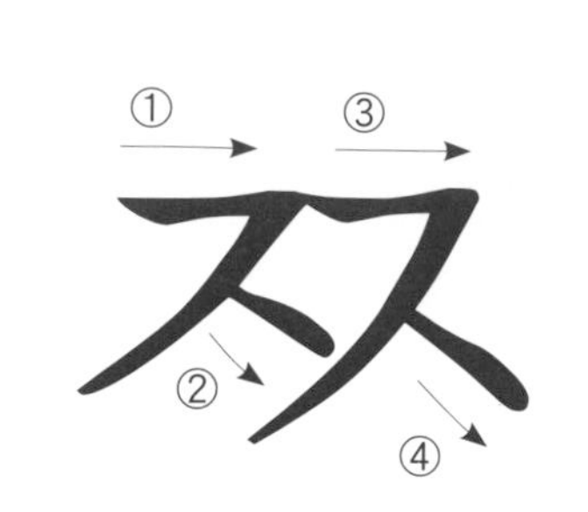

很像用力唸注音「ㄗ丶」。與「ㅈ」基本相同，只是要用力唸。發音時必須使發音器官先緊張起來，讓氣流在喉腔受阻，然後衝破聲門，發生擠喉現象。

「ㅉ」的發音

跟中文的「姿」相似

注意聽標準韓語腔調，老師會唸3次

ㅉ [cch] ▶ ㅉ [cch] ▶ ㅉ [cch]

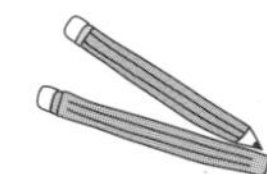

練習寫寫看！

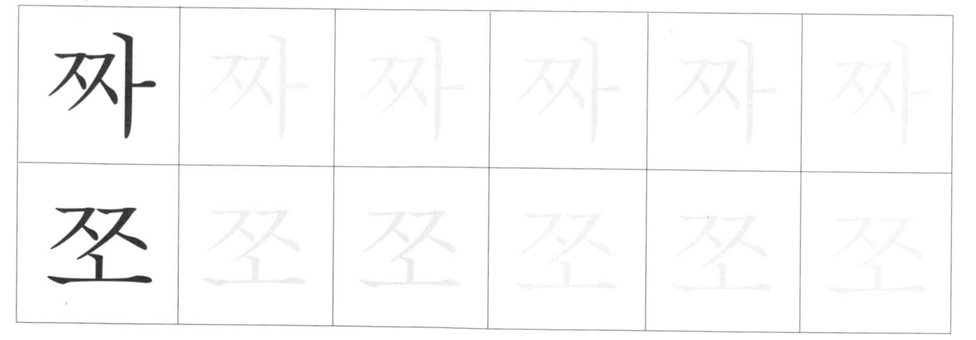

하국어

有「ㅉ」的單字

T● 32

1 跟老師 慢慢唸

가짜

ka . ccha

卡 . 恰

騙的

2 跟老師 一起唸

짜다

ccha . da

渣 . 打

鹹的

有「ㅉ」的會話

1 慢慢唸 不要急

진 짜?

chin . ccha

真的嗎?

2 跟老師 一起唸

진 짜?

親 . 渣

真的嗎?

3 跟偶像一起唸

진 짜.

問題練習 1

1 寫寫看

아까
떠나다
꼬마
짜다

2

翻譯練習（中文翻成韓文）

1.那麼 (________)

2.剛才 (________)

3.哥哥 (________)

4.離開 (________)

3

跟老師唸唸看

T 33

1. 싸우다	2. 가짜
3. 쏘다	4. 꼬마

4

聽寫練習

1. ________

5. ________

2. ________

6. ________

3. ________

7. ________

4. ________

8. ________

第 5 章
複合母音

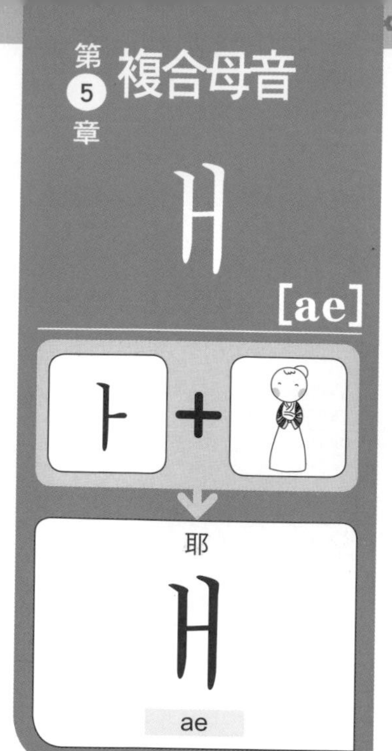

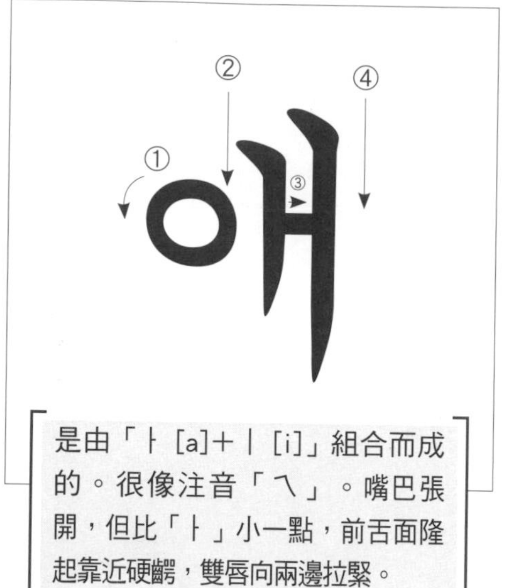

是由「ㅏ [a]+ㅣ [i]」組合而成的。很像注音「ㄟ」。嘴巴張開，但比「ㅏ」小一點，前舌面隆起靠近硬齶，雙唇向兩邊拉緊。

「ㅐ」的發音

跟中文的「耶」相似

注意聽標準韓語腔調，老師會唸3次

ㅐ [ae] ▸ ㅐ [ae] ▸ ㅐ [ae]

練習寫寫看！

애	애	애	애	애	애

有「ㅐ」的單字 T 34

1	跟老師 慢慢唸	해 hae 黑	太陽
2	跟老師 一起唸	새 sae 誰	鳥

有「ㅐ」的會話

1 慢慢唸 不要急

독해요?
do . khae . yo

(酒精度數)很高嗎?

2 跟老師一起唸

독해요?
吐 . 給 . 喲

(酒精度數)很高嗎?

3 跟偶像一起唸

독해요?

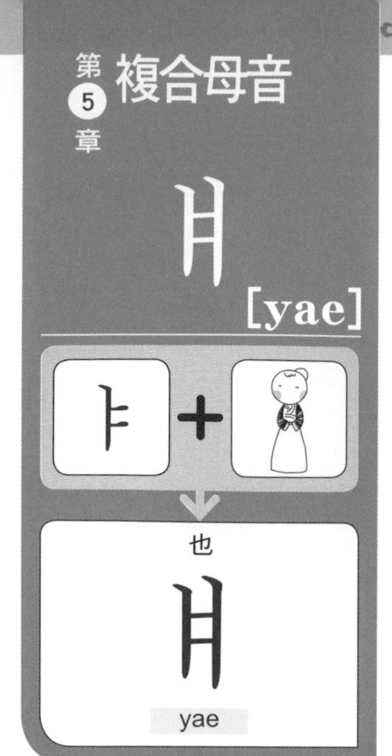

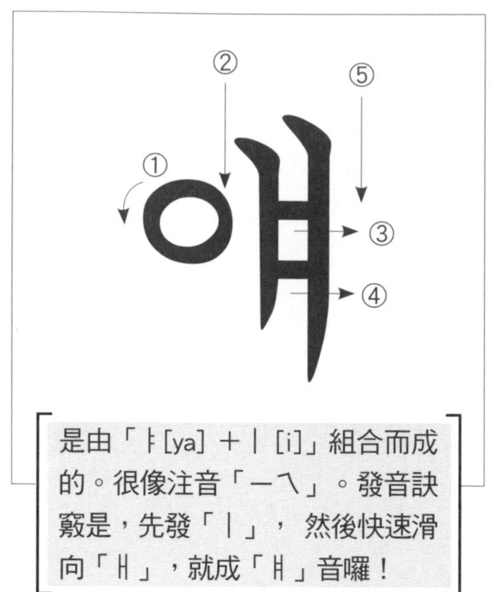

是由「ㅑ[ya] ＋ㅣ[i]」組合而成的。很像注音「ㄧㄟ」。發音訣竅是，先發「ㅣ」，然後快速滑向「ㅐ」，就成「ㅒ」音囉！

「ㅒ」的發音

跟中文的「也」相似

注意聽標準韓語腔調，老師會唸3次

ㅒ ▶ ㅒ ▶ ㅒ

[yae] [yae] [yae]

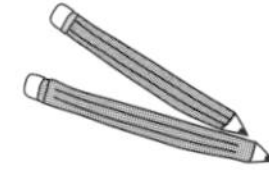

練習寫寫看！

얘	얘	얘	얘	얘	얘

有「ㅐ」的單字

T 35

1	跟老師 慢慢唸	애 yae 也	這個人
2	跟老師 一起唸	개 kae 幾也	那個人

有「ㅐ」的會話

1 慢慢唸 不要急

좀 더 얘기해 줘요!
chom. deo.yae. ki.hae. chwo.yo

請繼續說！

2 跟老師 一起唸

좀 더 얘기해 줘요!
窮 . 透 . 也 .給 .黑 . 酒 .油

請繼續說！

跟偶像一起唸

3 좀 더 얘기해 줘요!

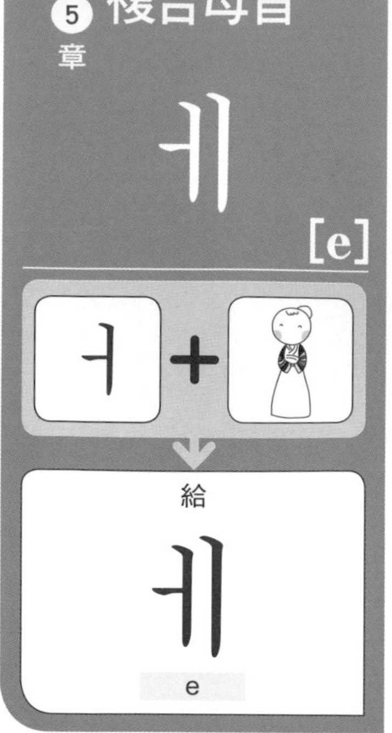

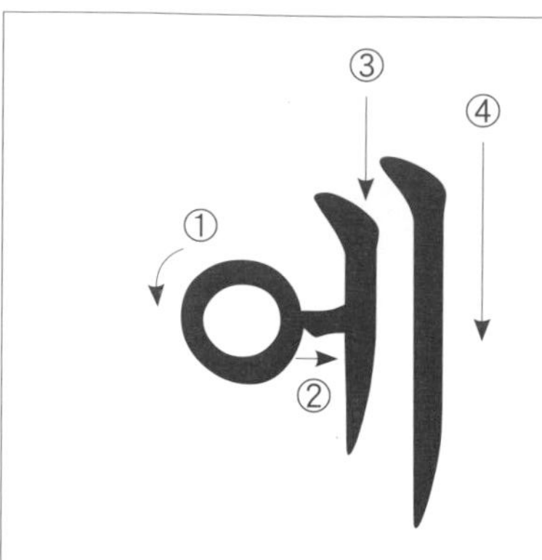

是由「ㅓ[eo]＋ㅣ[i]」組合而成的。很像注音「ㄝ」。口形要比「ㅐ[ae]」小一些，嘴巴不要張得太大，前舌面比發「ㅐ」音隆起一些。

「ㅔ」的發音

跟中文的「給」相似

注意聽標準韓語腔調，老師會唸3次

ㅔ [e] ▶ ㅔ [e] ▶ ㅔ [e]

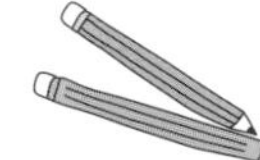

練習寫寫看！

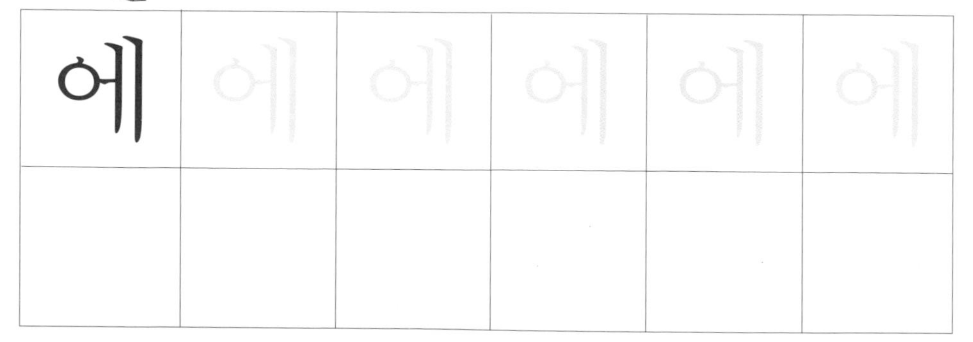

有「ㅔ」的單字

T 36

1	跟老師 慢慢唸	메뉴 me . nyu 梅 . 牛	菜單
2	跟老師 一起唸	게 ke 可黑	螃蟹

有「ㅔ」的會話

1 慢慢唸 不要急

한국에 가자.

hang. gu. ke. ka. cha

去韓國吧！

2 跟老師 一起唸

한국에 가자.

憨 . 庫 . 給 . 卡 . 恰

去韓國吧！

3 跟偶像一起唸

한국에 가자.

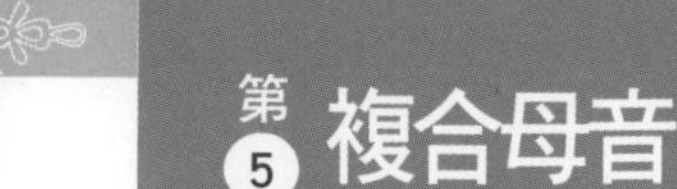

ㅖ [ye]

ㅕ + 

爺

ㅖ

ye

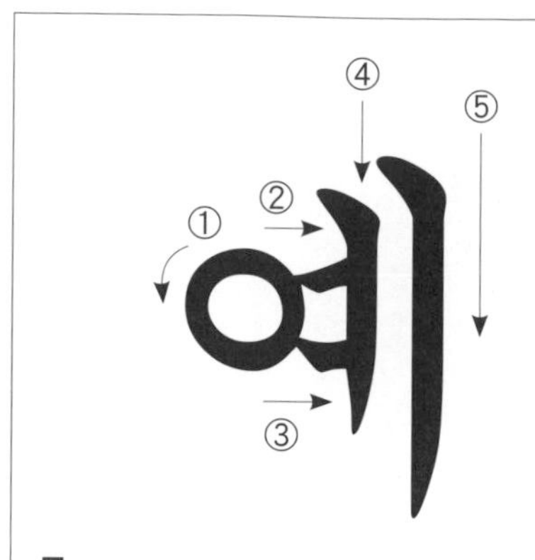

是由「ㅕ[yeo]+ㅣ[i]」組合而成的。很像注音「一せ」。發音訣竅是，先發「ㅣ」， 然後快速滑向「ㅔ[e]」，就成「ㅖ」音囉！

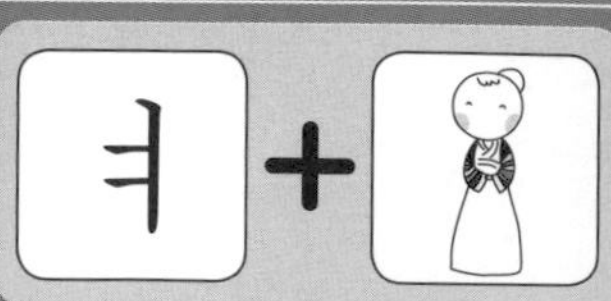

「ㅖ」的發音

跟中文的「爺」相似

注意聽標準韓語腔調，老師會唸3次

ㅖ [ye] ▸ ㅖ [ye] ▸ ㅖ [ye]

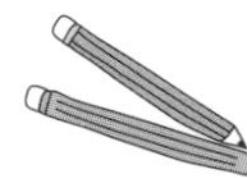

練習寫寫看！

예	예	예	예	예	예

有「ㅖ」的單字 T 37

1	跟老師 慢慢唸	예배 ye . bae 也 . 北	禮拜
2	跟老師 一起唸	시계 si . ge 細 . 給	時鐘

有「ㅖ」的會話

1 慢慢唸 不要急

이건 뭐예요?
i . geon . nwo . ye . yo

這是什麼？

2 跟老師 一起唸

이건 뭐예요?
伊 . 幹 . 某 . 也 . 喲

這是什麼？

3 跟偶像一起唸

이건 뭐예요?

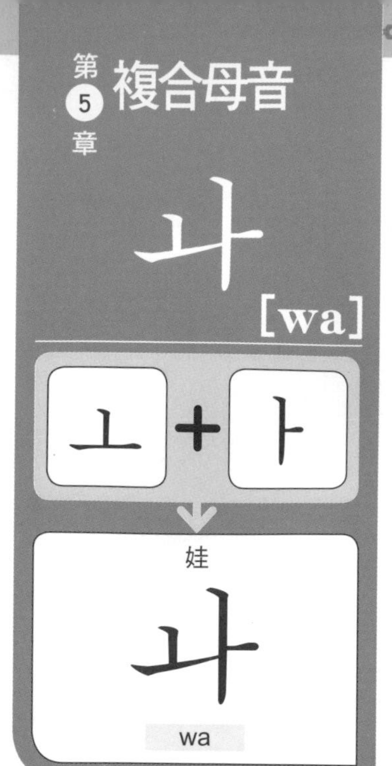

是由「ㅗ [o] ＋ㅏ [a]」組合而成的。很像注音「ㄨㄚ」。發音訣竅是，先發「ㅗ」，然後快速滑向「ㅏ」，就成「ㅘ」音囉！

「ㅘ」的發音

跟中文的「娃」相似

注意聽標準韓語腔調，老師會唸3次

ㅘ [wa] ▶ ㅘ [wa] ▶ ㅘ [wa]

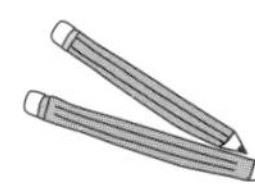

練習寫寫看！

有「ㅘ」的單字 T 38

1	跟老師 慢慢唸	사과 sa . gwa 傻 . 瓜	蘋果
2	跟老師 一起唸	교과서 kyo.gwa.seo 教 . 瓜 . 瘦	教科書

有「ㅘ」的會話

1	慢慢唸 不要急	도와주세요! to . wa .chu . se .yo	救命啊！
2	跟老師 一起唸	도와주세요! 土 . 娃 . 阻 . 塞 . 油	救命啊！

3 跟偶像一起唸

도와주세요!

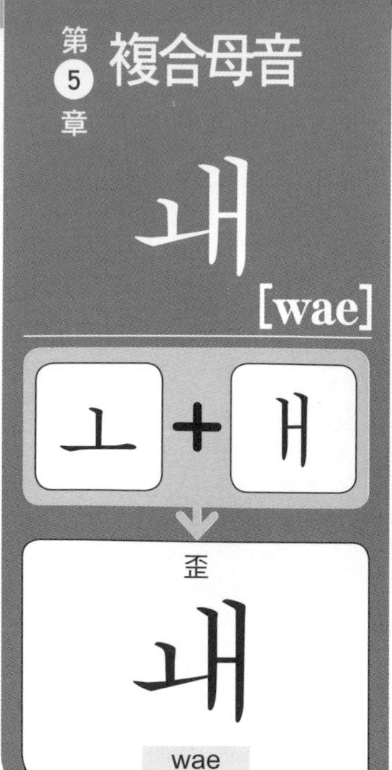

第5章 複合母音
ㅙ
[wae]
ㅗ + ㅐ
歪
ㅙ
wae

是由「ㅗ [o] ＋ㅐ [ae]」組合而成的。很像注音「ㄛㄝ」。發音訣竅是，先發「ㅗ」， 然後快速滑向「ㅐ」，就成「ㅙ」音囉！

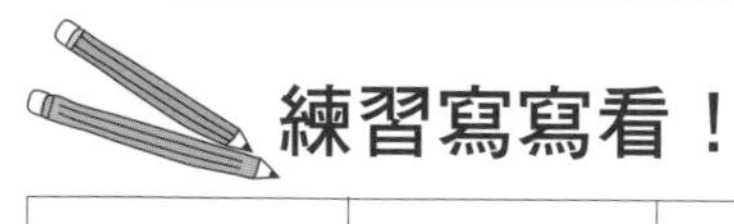

跟中文的「歪」相似

注意聽標準韓語腔調，老師會唸3次

ㅙ ▶ ㅙ ▶ ㅙ
[wae] [wae] [wae]

練習寫寫看！

왜	왜	왜	왜	왜	왜

有「ㅙ」的單字 T●39

1	跟老師 慢慢唸	**유쾌** yu . kwae 有 . 快	愉快
2	跟老師 一起唸	**돼지** dwae . ji 腿 . 祭	豬

有「ㅙ」的會話

1 慢慢唸 不要急

왜요?
wae . yo

為什麼？

2 跟老師 一起唸

왜요?
為 . 油

為什麼？

3 跟偶像一起唸

왜 요?

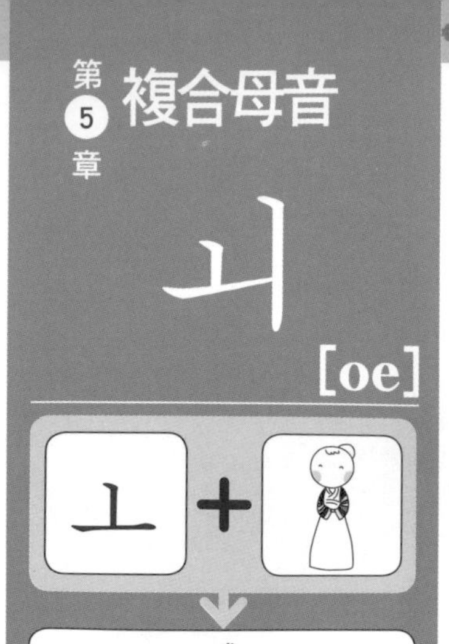

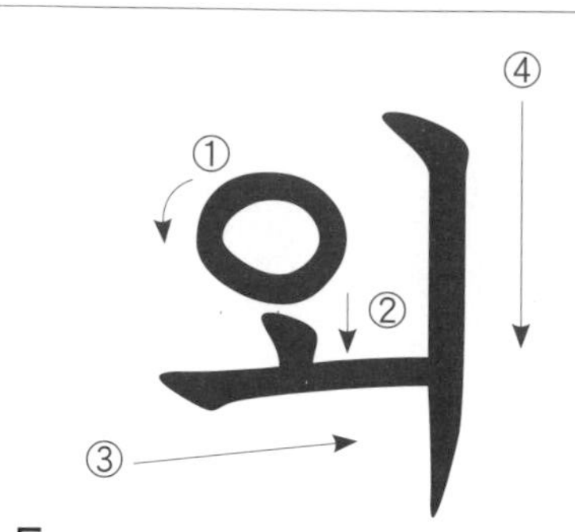

是由「ㅗ [o]＋ㅣ[i]」組合而成的。很像注音「ㄨㄝ」。嘴巴大小還有舌位與「ㅔ[e]」相同。嘴巴稍微張開，舌面隆起接近軟齶，雙唇攏成圓形。訣竅是先不發音，把雙唇攏成圓形，然後從這個嘴型發出「ㅔ」的音，就很簡單啦！

「ㅚ」的發音

跟中文的「威」相似

注意聽標準韓語腔調，老師會唸3次

ㅚ [oe] ▸ ㅚ [oe] ▸ ㅚ [oe]

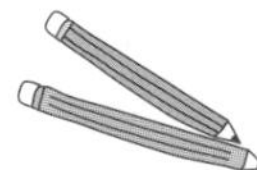

練習寫寫看！

有「ㅚ」的單字 T 40

1	跟老師 慢慢唸	**회사** hoe . sa 會 . 莎	公司 （「會社」）
2	跟老師 一起唸	**괴물** koe . mul 虧 . 母兒	怪物

有「ㅚ」的會話

1 慢慢唸 不要急

외로워요.
oe . ro . wo . yo

好寂寞！

2 跟老師 一起唸

외로워요.
威 . 樓 . 我 . 油

好寂寞！

3 跟偶像一起唸

외로워요.

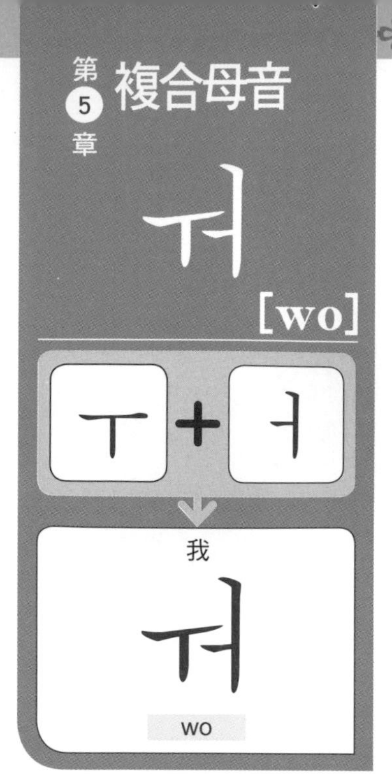

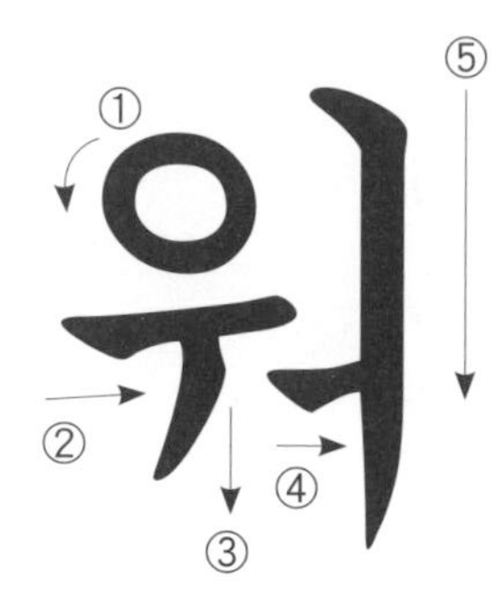

是由「ㅜ [u]+ㅓ [eo]」組合而成的。很像注音「ㄨㄛ」。發音訣竅是，先發「ㅜ」， 然後快速滑向「ㅓ」，就成「ㅝ」音囉！比發母音「ㅚ」時，舌面更向上隆起，雙唇攏成圓形，同時向外送氣發音。

「ㅝ」的發音

跟中文的「我」相似

注意聽標準韓語腔調，老師會唸3次

ㅝ [wo] ▶ ㅝ [wo] ▶ ㅝ [wo]

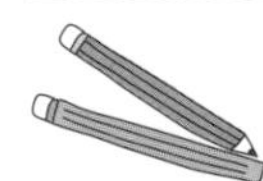

練習寫寫看！

워	워	워	워	워	워

有「ㅝ」的單字 T●41

1	跟老師 慢慢唸	원 won 旺	韓幣單位
2	跟老師 一起唸	뭐 mwo 某	什麼

有「ㅝ」的會話

1 慢慢唸 不要急

고마워(요).
ko . ma . wo . (yo)

感謝你（呀）！

2 跟老師 一起唸

고마워(요).
姑 . 罵 . 我 . (油)

感謝你（呀）！

3 跟偶像一起唸

고마워(요).

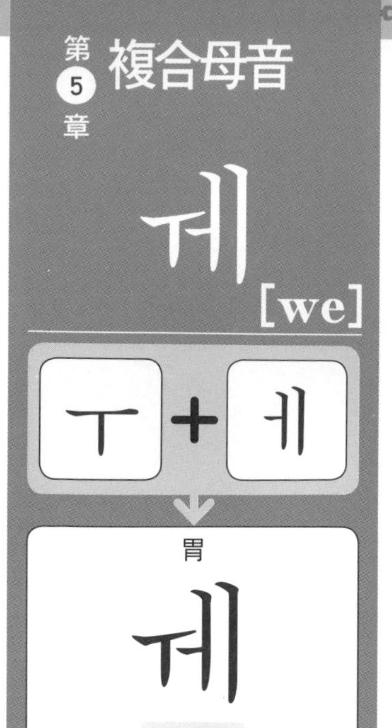

是由「ㅜ [u] ＋ㅔ [e]」組合而成的。很像注音「ㄨㄝ」。發音訣竅是，先發「ㅜ」， 然後快速滑向「ㅔ」，就成「ㅞ」音囉！

「ㅞ」的發音

跟中文的「胃」相似

注意聽標準韓語腔調，老師會唸3次

ㅞ [we] ▶ ㅞ [we] ▶ ㅞ [we]

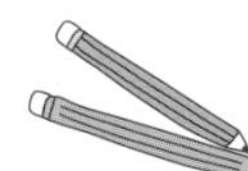

練習寫寫看！

웨	웨	웨	웨	웨	웨

有「ㅞ」的單字 T 42

1	跟老師 慢慢唸	**웨이브** we . i . beu 胃 . 衣 . 布	捲度 （頭髮等）
2	跟老師 一起唸	**웨이터** we . i . teo 胃 . 衣 . 透	服務員 （餐廳）

有「ㅞ」的會話

1 慢慢唸 不要急

스웨터，얼마예요?

seu.we.teo, eol.ma.ye.yo?

毛衣，多少錢？

2 跟老師 一起唸

스웨터，얼마예요?

司 . 胃 .透 . 二耳. 馬. 也. 油

毛衣，多少錢？

跟偶像一起唸

3 **스웨터，얼마예요?**

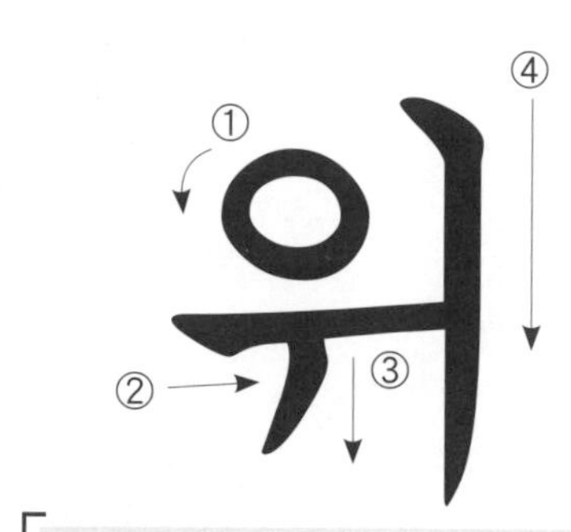

發音時，是由「ㅜ [u] + ㅣ [i]」組合而成的。很像注音「ㄩ」。嘴的張開度和舌頭的高度與「ㅣ」相近，但發「ㅟ」音時雙嘴唇要攏成圓形。

「ㅟ」的發音

跟中文的「為」相似

注意聽標準韓語腔調，老師會唸3次

ㅟ [wi] ▶ ㅟ [wi] ▶ ㅟ [wi]

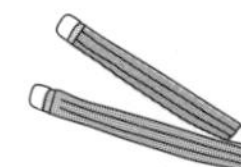

練習寫寫看！

위	위	위	위	위	위

하국어

有「ㅟ」的單字 T●43

1	跟老師 慢慢唸	취미 chwi . mi 娶 . 米	興趣 （趣味）
2	跟老師 一起唸	귀 kwi 桂	耳朵

有「ㅟ」的會話

1	慢慢唸 不要急	가위 바위 보. ka . wi . ba . wi . bo	剪刀、 石頭、布！
2	跟老師 一起唸	가위 바위 보. 卡 . 為 . 爬 . 為 . 普	剪刀、 石頭、布！

跟偶像一起唸

3 가위 바위 보.

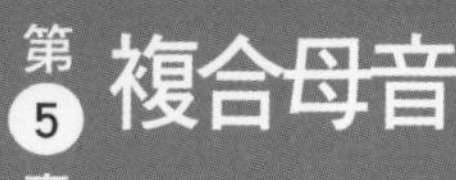

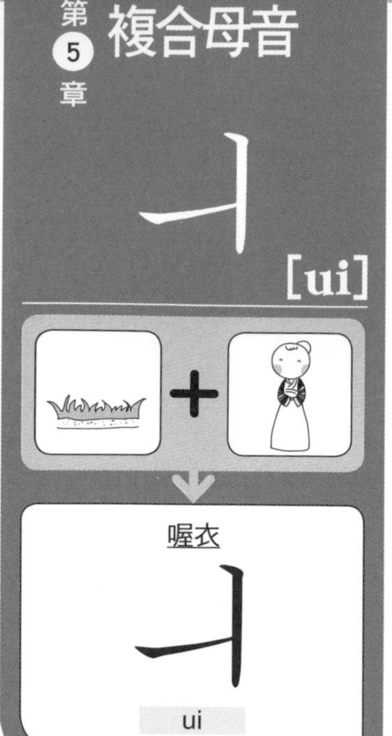

是由「ㅡ[eu]＋ㅣ[i]」組合而成的。很像注音「ㄜㄧ」。發音訣竅是，先發「ㅡ」然後快速滑向「ㅣ」，就成「ㅢ」音。雙唇向左右拉開發音喔！

「ㅢ」的發音

跟中文的「喔衣」相似

注意聽標準韓語腔調，老師會唸3次

ㅢ [ui] ▶ ㅢ [ui] ▶ ㅢ [ui]

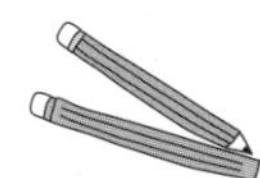

練習寫寫看！

有「ㅢ」的單字 T 44

1 跟老師 慢慢唸

의자

ui . ja
烏衣 . 加

椅子

2 跟老師 一起唸

의사

ui . sa
烏衣 . 莎

醫生
（醫者）

有「ㅢ」的會話

1 慢慢唸 不要急

의사를 불러 주세요.
ui.sa.reul.bul.leo.ju.se.yo

請叫醫生！

2 跟老師 一起唸

의사를 불러 주세요.
烏衣.莎.日.普.拉.阻.誰.喲

請叫醫生！

跟偶像一起唸

3 **의사를 불러 주세요.**

問題練習 1

1 寫寫看

개
해
게
원

2

翻譯練習（中文翻成韓文）

1.注意 （＿＿＿＿＿）

2.醫生 （＿＿＿＿＿）

3.怪物 （＿＿＿＿＿）

4.公司 （＿＿＿＿＿）

3

跟老師唸唸看

T 45

1. 메뉴	2. 예배
3. 시계	4. 교과서

4

聽寫練習

1. ＿＿＿＿＿＿＿＿
5. ＿＿＿＿＿＿＿＿
2. ＿＿＿＿＿＿＿＿
6. ＿＿＿＿＿＿＿＿
3. ＿＿＿＿＿＿＿＿
7. ＿＿＿＿＿＿＿＿
4. ＿＿＿＿＿＿＿＿
8. ＿＿＿＿＿＿＿＿

한국어

反切表：平音、送氣音跟基本母音的組合

母音 子音	ㅏ a	ㅑ ya	ㅓ eo	ㅕ yeo	ㅗ o	ㅛ yo	ㅜ u	ㅠ yu	ㅡ eu	ㅣ i
ㄱ k/g	가 ka	갸 kya	거 keo	겨 kyeo	고 ko	교 kyo	구 ku	규 kyu	그 keu	기 ki
ㄴ n	나 na	냐 nya	너 neo	녀 nyeo	노 no	뇨 nyo	누 nu	뉴 nyu	느 neu	니 ni
ㄷ t/d	다 ta	댜 tya	더 teo	뎌 tyeo	도 to	됴 tyo	두 tu	듀 tyu	드 teu	디 ti
ㄹ r/l	라 ra	랴 rya	러 reo	료 ryeo	로 ro	료 ryo	루 ru	류 ryu	르 reu	리 ri
ㅁ m	마 ma	먀 mya	머 meo	며 myeo	모 mo	묘 myo	무 mu	뮤 myu	므 meu	미 mi
ㅂ p/b	바 pa	뱌 pya	버 peo	벼 pyeo	보 po	뵤 pyo	부 pu	뷰 pyu	브 peu	비 pi
ㅅ s	사 sa	샤 sya	서 seo	셔 syeo	소 so	쇼 syo	수 su	슈 syu	스 seu	시 si
ㅇ —/ng	아 a	야 ya	어 eo	여 yeo	오 o	요 yo	우 u	유 yu	으 eu	이 i
ㅈ ch/j	자 cha	쟈 chya	저 cheo	져 chyeo	조 cho	죠 chyo	주 chu	쥬 chyu	즈 cheu	지 chi
ㅊ ch	차 cha	챠 chya	처 cheo	쳐 chyeo	초 cho	쵸 chyo	추 chu	츄 chyu	츠 cheu	치 chi
ㅋ k	카 ka	캬 kya	커 keo	켜 kyeo	코 ko	쿄 kyo	쿠 ku	큐 kyu	크 keu	키 ki
ㅌ t	타 ta	탸 tya	터 teo	텨 tyeo	토 to	툐 tyo	투 tu	튜 tyu	트 teu	티 ti
ㅍ p	파 pa	퍄 pya	퍼 peo	펴 pyeo	포 po	표 pyo	푸 pu	퓨 pyu	프 peu	피 pi
ㅎ h	하 ha	햐 hya	허 heo	혀 hyeo	호 ho	효 hyo	후 hu	휴 hyu	흐 heu	히 hi

第6章 收尾音（終音）跟發音的變化

一、收尾音（終音）

韓語的子音可以在字首，也可以在字尾，在字尾的時候叫收尾音，又叫終音。韓語 19 個子音當中，除了「ㄸ、ㅃ、ㅉ」之外，其他 16 種子音都可以成為收尾音。但實際只有 7 種發音，27 種形式。

1	ㄱ [k]	ㄱ ㅋ ㄲ ㄳ ㄺ
2	ㄴ [n]	ㄴ ㄵ ㄶ
3	ㄷ [t]	ㄷ ㅌ ㅅ ㅆ ㅈ ㅊ ㅎ
4	ㄹ [l]	ㄹ ㄼ ㄽ ㄾ ㅀ
5	ㅁ [m]	ㅁ ㄻ
6	ㅂ [p]	ㅂ ㅍ ㅄ ㄿ
7	ㅇ [ng]	ㅇ

1　ㄱ [k]：ㄱ ㅋ ㄲ ㄳ ㄺ

用後舌根頂住軟顎來收尾。像在發台語「學」的尾音。

▧ 마 지 막 [ma ji mak] 最後

▧ 곡 식 [gok sik] 穀物

2 ㄴ [n]：ㄴ ㄵ ㄶ

用舌尖頂住齒齦，並發出鼻音來收尾。感覺像在發台語「安」的尾音。

▧ 반 대 [pan dae] 反對

▧ 전 신 주 [jeon sin ju] 電線桿

▧ 안 내 [an nae] 案內

3 ㄷ [t]：ㄷ ㅌ ㅅ ㅆ ㅈ ㅊ ㅎ

用舌尖頂住齒齦，來收尾。像在發台語「日」的尾音。

▧ 샅 바 [sat pa] (摔跤用的)腿繩

▧ 옷 [ot] 服

▧ 꽃 [kkot] 花

4 ㄹ [l]：ㄹ ㄼ ㄽ ㄾ ㅀ

用舌尖頂住齒齦，來收尾。像在發台語「兒」音。

▧ 마 을 [ma eul] 村落

▧ 쌀 [ssal] 米

▧ 발 [pal] 腳

5 ㅁ [m]：ㅁ ㄻ

緊閉雙唇，同時發出鼻音來收尾。像在發台語「甘」的尾音。

▧ 봄 [pom] 春天

▧ 이 름 [i reum] 名字

▧ 사 람 [sa ram] 人

6 ㅂ [p]：ㅂ ㅍ ㅄ ㄿ

緊閉雙唇，同時發出鼻音來收尾。像在發台語「葉」的尾音。

- ▧ 입 [ip] 嘴巴
- ▧ 잎 [ip] 葉子
- ▧ 값 [kap] 價錢

7 ㅇ [ng]：ㅇ

用舌根貼住軟顎，同時發出鼻音來收尾。感覺像在發台語「爽」的尾音。

- ▧ 사 랑 [sa rang] 愛情
- ▧ 강 [kang] 河川
- ▧ 유 령 [yu ryeong] 鬼，幽靈

二、發音的變化

韓語為了比較好發音等因素，會有發音上的變化。

1 硬音化

「ㄱ[k],ㄷ[t],ㅂ[P]」收尾的音，後一個字開頭是平音時，都要變成硬音。簡單說就是：

> 「ㄱ，ㄷ，ㅂ」＋平音「ㄱ，ㄷ，ㅂ，ㅅ，ㅈ」
> →硬音「ㄲ，ㄸ，ㅃ，ㅆ，ㅉ」。

正確表記	為了好發音	實際發音
학 교 [hak gyo]	→	학 꾜 [hak kkyo] 學校
식 당 [sik dang]	→	식 땅 [sik ttang] 食堂

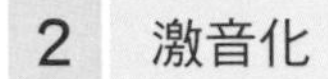

2 激音化

「ㄱ[k],ㄷ[t],ㅂ[P],ㅈ[t]」收尾的音，後一個字開頭是「ㅎ」時，要發成激音「ㅋ,ㅌ,ㅍ,ㅊ」；相反地，「ㅎ」收尾的音，後一個字開頭是「ㄱ,ㄷ,ㅂ,ㅈ」時，也要發成激音「ㅋ,ㅌ,ㅍ,ㅊ」。簡單說就是：

[ㄱ , ㄷ , ㅂ , ㅈ + ㅎ → ㅋ , ㅌ , ㅍ , ㅊ
ㅎ + ㄱ , ㄷ , ㅂ , ㅈ → ㅋ , ㅌ , ㅍ , ㅊ]

正確表記	為了好發音	實際發音
놓 다 [not da]	→	노 타 [no ta] 置放
좋 고 [jot go]	→	조 코 [jo ko] 經常
백 화 점 [paek hwa jeom]	→	배 콰 점 [pae kwa jeom] 百貨公司
잊 히 다 [it hi da]	→	이 치 다 [i chi da] 忘記

3 連音化

「ㅇ」有時候像麻薯一樣，只要收尾音的後一個字是「ㅇ」時，收尾音會被黏過去唸。但是「ㅇ」也不是很貪心，如果收尾音有兩個，就只有右邊的那一個會被移過去念。

正確表記	為了好發音	實際發音
단 어 [tan eo]	→	다 너 [ta neo] 單字
값 이 [kaps i]	→	갑 시 [kap si] 價格
서 울 이 에 요 [seo ul i e yo]	→	서 우 리 에 요 [seo u li e yo] 是首爾

4 ㅎ音弱化

收尾音「ㄴ,ㄹ,ㅁ,ㅇ」，後一個字開頭是「ㅎ」音；還有，收尾音「ㅎ」，後一個字開頭是母音時，「ㅎ」的音會被弱化，幾乎不發音。簡單說就是：

ㄴ，ㄹ，ㅁ，ㅇ＋ㅎ→ㄴ，ㄹ，ㅁ，ㅇ
ㅎ＋ㅇ→ㅇ

正確表記	為了好發音	實際發音
전 화 [jeon hwa]	→	저 놔 [jeo nwa] 電話
발 효 [pal hyo]	→	바 료 [pa ryo] 發酵
암 호 [am ho]	→	아 모 [a mo] 暗號
동 화 [tong hwa]	→	동 와 [tong wa] 童話
좋 아 요 [joh a yo]	→	조 아 요 [jo a yo] 好

5 鼻音化（1）

「ㄱ [k]」收尾的音，後一個字開頭是「ㄴ，ㅁ」時，要發成「ㅇ」[ng]。
「ㄷ [t]」收尾的音，後一個字開頭是「ㄴ，ㅁ」時，要發成「ㄴ」[n]。
「ㅂ [P]」收尾的音，後一個字開頭是「ㄴ，ㅁ」時，要發成「ㅁ」[m]。

正確表記	為了好發音	實際發音
국 물 [guk mul]	→	궁 물 [gung mul] 肉湯
짓 는 [jit neun]	→	진 는 [jin neun] 建築
입 문 [ip mun]	→	임 문 [im mun] 入門

6 鼻音化（2）

「ㄱ[k],ㄷ[t],ㅂ[P]」收尾的音，後一個字開頭是「ㄹ」時，各要發成「k→ㅇ」「t→ㄴ」「p→ㅁ」。而「ㄹ」要發成「ㄴ」。簡單說就是：

ㄱ，ㄷ，ㅂ＋ㄹ→ㅇ，ㄴ，ㅁ
ㄹ→ㄴ

正確表記	為了好發音	實際發音
복 리 [bok ri]	→	봉 니 [bong ni] 福利
입 력 [ip ryeok]	→	임 녁 [im nyeok] 輸入
정 류 장 [cheong ru jang]	→	정 뉴 장 [cheong nyu jang] 公車站牌

7 流音化：ㄹ同化

「ㄴ」跟「ㄹ」相接時，全部都發成「ㄹ」音。簡單說就是：

ㄴ＋ㄹ→ㄹ＋ㄹ
ㄹ＋ㄴ→ㄹ＋ㄹ

正確表記	為了好發音	實際發音
신 라 [sin la]	→	실라 [sil la] 新羅
실 내 [sil nae]	→	실 래 [sil lae] 室內

8 蓋音化

「ㄷ[t], ㅌ]t]」收尾的音，後一個字開頭是「이」時，各要發成「ㄷ→ㅈ」「ㅌ→ㅊ」。而「ㄷ[t] 」收尾的音，後字為「히」時，要發成「ㅊ」。簡單說就是：

ㄷ + 이→지
ㅌ + 이→치
ㄷ + 히→치

正確表記	為了好發音	實際發音
같 이 [kat i]	→	가 치 [ka chi] 一起
해 돋 이 [hae dot i]	→	해 도 지 [hae do ji] 日出

9 ㄴ的添加音

韓語有時候也很曖昧，喜歡加一些音，那就叫做添加音。在合成詞中，以子音收尾的音，後一個字開頭是「야, 얘, 여, 예, 요, 유, 이」時，中間添加「ㄴ」音。另外，「ㄹ」收尾的音，後面接母音時，中間加「ㄹ」音。簡單說：

子音+야,얘,여,예,요,유,이
→子音+ㄴ +야,얘,여,예,요,유,이

ㄹ+母音→ㄹ+ㄴ+母音

正確表記	為了好發音	實際發音
식 용 유 [sik yong yu]	→	시 공 뉴 [si gyong nyu] 食用油
한 국 요 리 [han guk yo ri]	→	한 궁 뇨 리 [han gung nyo ri] 韓國料理
알 약 [al yak]	→	알 략 [al lyak] 錠劑

什麼叫合成詞？就是兩個以上的單字，組成另一個意思不同的單字啦！例如：韓國 + 料理→韓國料理。

附 錄

生活必備單字

數字—漢字詞 01

T●47

0 空 공 *kong*	一 憶兒 일 *il*	二 伊 이 *i*	三 山母 삼 *sam*	四 沙 사 *sa*
五 喔 오 *o*	六 育苦 육 *yuk*	七 妻兒 칠 *chil*	八 帕兒 팔 *pal*	九 姑 구 *ku*
十 細 십 *sip*	十一 細.比兒 십일 *si.pil*	十二 細.比 십이 *si.pi*	二十 伊.細 이십 *i.sib*	三十 三母.細 삼십 *sam.sip*
百 陪哭 백 *paek*	千 餐 천 *cheon*	萬 滿 만 *man*	十萬 新.滿 십만 *sip.man*	百萬 篇.滿 백만 *baeng.man*

千萬	億	～圜（韓幣單位）
餐．滿	歐哭	～旺
천만	억	～ 원
cheon.man	*eok*	*won*

數字－固有詞 02

1	2	3	4	5
哈．娜．（憨）	兔耳．（禿）	色樸．（誰）	呢特．（內）	打．手特
하나．(한)	둘．(두)	셋．(세)	넷．(네)	다섯
ha.na(han)	*tul(tu)*	*set(se)*	*net(ne)*	*ta.seot*
6	**7**	**8**	**9**	**10**
有手	憶兒．哥撲	有．嘟兒	阿．候補	有兒
여섯	일곱	여덟	아홉	열
yeo.seot	*il.gop*	*yeo.deol*	*a.hop*	*yeol*

量詞 03

T 49

～位 ～妙 ～명 *myeong*	～個 ～給 ～개 *kae*	～瓶 ～蘋 ～병 *pyeong*	～杯 ～餐 ～잔 *jan*	～張 ～張 ～장 *jang*
～台 ～貼 ～대 *tae*	～袋 ～崩．幾 ～봉지 *pong.ji*	1 杯 憨．展 한잔 *han.jan*	2 個 禿．給 두개 *tu.kae*	

時間 04

1 點 憨．細 한시 *han.si*	2 點 禿．細 두시 *tu.si*	3 點 誰．細 세시 *se.si*	4 點 內．細 네시 *ne.si*	5 點 打．手．細 다섯시 *ta.seot.si*

6點	7點	8點	9點	10點
有.手.細	衣兒.夠.細	有.朵兒.細	阿.候補.細	友.細
여섯시	일곱시	여덟시	아홉시	열시
yeo.seot.si	*il.gop.si*	*yeo.deol.si*	*a.hop.si*	*yeol.si*

11點	12點
友.憨.細	友.土.細
열한시	열두시
yeo.ran.si	*yeol.tu.si*

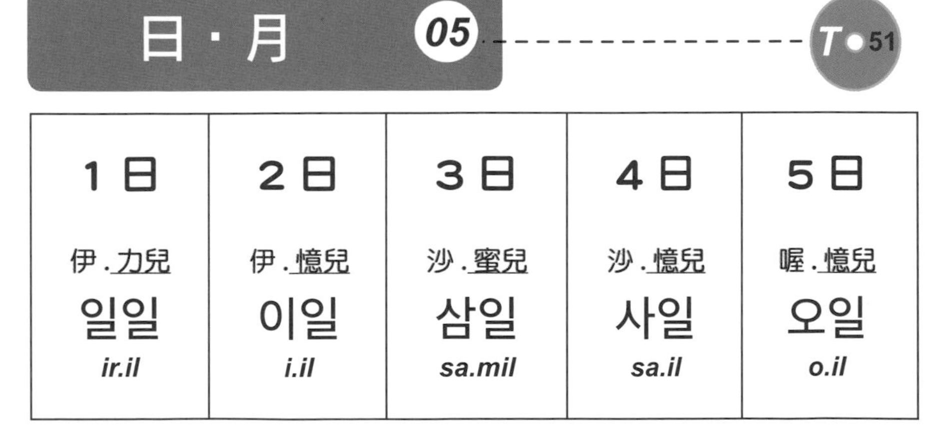

日・月 05

T 51

1日	2日	3日	4日	5日
伊.力兒	伊.憶兒	沙.蜜兒	沙.憶兒	喔.憶兒
일일	이일	삼일	사일	오일
ir.il	*i.il*	*sa.mil*	*sa.il*	*o.il*

6日	7日	8日	9日	10日
又.給兒 육일 *yu.gil*	七.立兒 칠일 *chi.ril*	八.立兒 팔일 *par.il*	姑.憶兒 구일 *ku.il*	細.比兒 십일 *si.bil*
11日 細.逼.立兒 십일일 *si.bi.lil*	**12日** 細.比.憶兒 십이일 *si.bi.il*	**13日** 細普.沙.蜜兒 십삼일 *sip.sa.mil*	**14日** 細普.沙.憶兒 십사일 *sip.sa.il*	**15日** 細.伯.憶兒 십오일 *si.bo.il*
16日 心.牛.給兒 십육일 *sib.yug.il*	**17日** 細.七.力兒 십칠일 *sip.chi.ril*	**18日** 細.八.力兒 십팔일 *sip.pa.ril*	**19日** 細.姑.憶兒 십구일 *sip.gu.il*	**20日** 伊.細.比兒 이십일 *i.si.bil*
21日 伊.細.逼.力兒 이십일일 *i.sib.ir.il*	**22日** 伊.細.比.憶兒 이십이일 *i.si.bi.il*	**23日** 伊.細.沙.密兒 이십심일 *i.sip.sa.mil*	**24日** 伊.細.沙.憶兒 이십사일 *i.sip.sa.il*	

1月	2月	3月	4月	5月
衣.弱兒 일월 *i.rwol*	伊.我兒 이월 *i.wol*	山母.我兒 삼월 *sa.mwol*	沙.我兒 사월 *sa.wol*	喔.我兒 오월 *o.wol*
6月	**7月**	**8月**	**9月**	**10月**
有.我兒 유월 *yu.wol*	欺.弱兒 칠월 *chir.wol*	帕.弱兒 팔월 *par.wol*	苦.我兒 구월 *ku.wol*	思.我兒 시월 *si.wol*
11月	**12月**			
西.逼.弱兒 십일월 *si.bi.rwol*	西.比.我兒 십이월 *si.bi.wol*			

時候 06

T 52

早晨，早餐 阿.七母 아침 *a.chim*	中午，午餐 從母.思母 점심 *jeom.sim*	傍晚，晚餐 走.生哭 저녁 *jeo.nyeok*	上午 喔.怎 오전 *o.jeon*	下午 喔.呼 오후 *o.hu*
夜晚 怕母 밤 *pam*	深夜 師母.雅 심야 *si.mya*	今天 喔.呢耳 오늘 *o.neul*	昨天 喔.借 어제 *eo.je*	前天 哭.借 그제 *geu.je*
明天 內.憶兒 내일 *nae.il*	明後天 母.淚 모레 *mo.re*	每天 每.憶兒 매일 *mae.il*	上個月 奇.難.太耳 지난달 *ji.nan.dal*	這個月 伊.朋.太耳 이번달 *i.beon.tal*
下個月 打.恩母.太耳 다음달 *ta.eum.tal*	下下個月 打.打.恩母.太耳 다다음달 *ta.ta.eum.tal*	週末 阻.罵兒 주말 *ju.mal*	平日 平.憶兒 평일 *pyeong.il*	假日 休.憶兒 휴일 *hyu.il*

今年 喔.累 올해 *ol.hae*	去年 強.牛 작년 *jang.nyeon*	明年 內.牛 내년 *nae.nyeon*	後年 內.呼.牛 내후년 *nae.hu.nyeon*	連休 言.休 연휴 *yeo.nyu*
暑假 有.樂母.休.哥 여름휴가 *yeo.reum.hyu.ga*	元旦 手.拉 설날 *seol.nal*	春 撥 봄 *pom*	夏 有.樂母 여름 *yeo.reum*	秋 卡.無兒 가을 *ka.eul*
冬 橋.無兒 겨울 *kyeo.ul*				

星期 07

T 53

星期日	星期一	星期二	星期三	星期四
伊.六.憶兒	我.六.憶兒	化.油.憶兒	樹.油.憶兒	某.叫.憶兒
일요일	월요일	화요일	수요일	목요일
i.ryo.il	*wo.ryo.il*	*hwa.yo.il*	*su.yo.il*	*mo.gyo.il*
星期五	星期六			
苦.妙.憶兒	偷.油.憶兒			
금요일	토요일			
keu.myo.il	*to.yo.il*			

顏色 08

T 54

黑色	白色	灰色	紅色	粉紅色
共.悶.誰	恨.誰	會.誰	八兒.桿.誰	噴.紅.誰
검은색	흰색	회색	빨간색	분홍색
keo.meun.saek	*hoen.saek*	*hoe.saek*	*ppal.gan.saek*	*pu.nong.seak*

藍色	黃色	綠色	橙 色	紫 色
帕．藍．誰 파란색 *pa.ran.saek*	努．藍．誰 노란색 *no.ran.saek*	求．鹿．誰 초록색 *cho.rok.saek*	喔．連．奇．誰 오렌지색 *o.ren.ji.saek*	普．拉．誰 보라색 *po.ra.saek*
咖啡色 渴．誰 갈색 *kal.saek*				

位置、方向 09

T 55

東	西	南	北	前面
同．秋 동쪽 *tong.jjok*	瘦．秋 서쪽 *seo.jjok*	男．秋 남쪽 *nam.jjok*	布．秋 북쪽 *buk.jjok*	阿布 앞 *ap*

後面	裡面	外面	北上	南下
推	安	扒客	上.狠	哈.狠
뒤	안	밖	상행	하행
twi	*an*	*pak*	*sang.haeng*	*ha.haeng*

人物及親友 10

T 56

我	我們	父親	母親	哥哥（妹妹使用）
走 / 娜	屋.里	阿.波.奇	喔.末.妮	喔.爸
저 / 나	우리	아버지	어머니	오빠
jeo/na	*u.ri*	*a.beo.ji*	*eo.meo.ni*	*o.ppa.*

哥哥（弟弟使用）	姊姊（妹妹使用）	姊姊（弟弟使用）	爺爺	奶奶
雄	喔嗯.妮	努.娜	哈.拉.波.奇	哈.末.妮
형	언니	누나	할아버지	할머니
hyeong	*eon.ni*	*nu.na*	*ha.la.beo.ji*	*hal.meo.ni*

叔叔，大叔 阿.走.西 아저씨 *a.jeo.ssi*	阿姨，大嬸 阿.初.馬 아줌마 *a.jum.ma*	情人 有.您 연인 *yeo.nin*	男人 男.叉 남자 *nam.ja*	女人 有.叉 여자 *yeo.ja*
大人 喔.輪恩 어른 *eo.leun*	小孩 阿.姨 아이 *a.i*	朋友 親.姑 친구 *chin.gu*	夫妻 樸.布 부부 *pu.bu*	兄弟 雄.姊 형제 *hyeong.je*
丈夫 男.騙翁 남편 *nam.pyeon*	妻子 阿.內 아내 *a.nae*	兒子 阿.都兒 아들 *a.deul*	女兒 大耳 딸 *ddal*	么子 忙.內 막내 *mang.nae*
年輕人 求兒.悶.你 젊은이 *jeol.mneu.ni*	前輩 松.配.你母 선배님 *seon.bae.nim*	中國人 中.庫.金 중국인 *jung.gu.gin*	韓國人 憨.庫.沙.郎 한국사람 *han.guk.saram*	

身體各部位 11

T 57

中文	發音	韓文	羅馬拼音
身體	心．切	신체	sin.che
頭	末．里	머리	meo.ri
頭髮	末．里．卡．拉	머리카락	meo.ri.ka.rak
額頭	伊．馬	이마	i.ma
臉	歐兒．骨兒	얼굴	eol.gul
眼睛	奴恩	눈	nun
耳朵	桂	귀	kwi
鼻子	庫	코	ko
嘴巴	衣樸	입	ip
嘴唇	衣樸．贖兒	입술	ip.sul
下巴	偷哥	턱	teok
舌頭	喝有	혀	hyeo
喉嚨	某．姑．猛	목구멍	mok.gu.meong
牙齒	伊．八兒	이빨	i.ppal
脖子	某	목	mok
胸部	卡．師母	가슴	ka.seum
肚子	配	배	pae
背	頓	등	teung
腰	後．里	허리	heo.li
肩膀	喔．給	어깨	eo.gge

肚臍	屁股	手	腳	大腿
配．勾布	翁．懂．伊	手恩	拔	摟樸．秋．打．里
배꼽	엉덩이	손	발	넓적다리
bae.kkop	*eong.deong.i*	*son*	*pal*	*neolp.jeok.ta.ri*

膝蓋
木．弱樸
무릎
mu.leup

生活用品、藥物 12

筷子	湯匙	刀子	叉子	杯子
秋．卡．拉	俗．卡．拉	娜．伊．普	普．苦	可不
젓가락	숟가락	나이프	포크	컵
cheot.ga.rak	*sut.ga.rak*	*na.i.peu*	*po.keu*	*keop*

<table>
<tr>
<td>毛巾
樹.幹
수건
su.geon</td>
<td>雨傘
屋.傘
우산
u.san</td>
<td>眼鏡
安.欲恩
안경
an.gyeong</td>
<td colspan="2">隱形眼鏡
空.特.的.連.具
콘택트렌즈
kon.taek.teu.ren.jeu</td>
</tr>
<tr>
<td>手機
黑恩.的.朋
핸드폰
haen.deu.pon</td>
<td>煙灰缸
切.頭.力
재떨이
chae.tteo.ri</td>
<td>鏡子
口.無耳
거울
keo.ul</td>
<td>紙
窮.伊
종이
chong.i</td>
<td>鉛筆
永.筆
연필
yeon.pil</td>
</tr>
<tr>
<td>原子筆
波.片
볼펜
pol.pen</td>
<td>橡皮擦
奇.屋.給
지우개
chi.u.gae</td>
<td>剪刀
卡.位
가위
ga.wi</td>
<td>衛生紙
化.張.奇
화장지
hwa.jang.ji</td>
<td>衛生棉
先.里.貼
생리대
saeng.ri.dae</td>
</tr>
<tr>
<td>藥
牙苦
약
yak</td>
<td>感冒藥
甘.幾.牙苦
감기약
gam.gi.yak</td>
<td>頭痛藥
禿.痛.牙苦
두통약
tu.tong.yak</td>
<td>止瀉藥
奇.沙.姊
지사제
chi.sa.je</td>
<td>止痛藥
親.痛.姊
진통제
chin.tong.je</td>
</tr>
</table>

絆創膏
胖．搶．姑
반창고
ban.chang.go

衣服、鞋子、飾品 13

衣服	襯衫	T 恤	白襯衫	polo 襯衫
喔特	羞．恥	提．羞．恥	娃．伊．羞．恥	婆．樓．羞．恥
옷	셔츠	티셔츠	와이셔츠	폴로셔츠
ot	syeo.cheu	ti.syeo.cheu	wa.i.syeo.cheu	pol.ro.syeo.cheu
西裝	韓服	西服	連身洋裝	夾克
窮．張	憨．伯	洋．伯	土．淚．思	叉．可
정장	한복	양복	드레스	자켓
cheong.chang	han.bok	yang.bok	teu.re.seu	ja.ket

外套	毛衣	短袖	長袖	連身裙
庫.土	思.胃.透	胖.八	幾恩.八	旺.匹.思
코트	스웨터	반팔	긴팔	원피스
ko.teu	*seu.we.teo*	*pan.pal*	*kin.pal*	*won.pi.seu*

裙子	迷你裙	褲子
氣.馬/思.摳.土	米.妮.思.摳.土	爬.奇
치마 / 스커트	미니스커트	바지
chi.ma/seu.keo.teu	*mi.ni.seu.keo.teu*	*ba.ji*

牛仔褲	內褲	絲襪	睡衣	泳裝
窮.爬.奇	偏.提	思.她.金恩	掐.摸	樹.用.伯
청바지	팬티	스타킹	잠옷	수영복
cheong.ba.ji	*pean.ti*	*seu.ta.king*	*ja.mot*	*su.yeong.bok*

童裝	眼鏡	太陽眼鏡	領帶
阿.同.伯	安.京恩	松.哭.拉.思	內.她.伊
아동복	안경	선그라스	넥타이
a.dong.bok	*an.gyeong*	*seon.geu.la.seu*	*nek.ta.i*

皮帶 陪.土 벨트 *pel.teu*	帽子 母.叉 모자 *mo.ja*	圍巾 某.都.里 목도리 *mok.do.ri*	絲巾 思.卡.普 스카프 *seu.ka.peu*	手套 張.甲 장갑 *jang.gap*
戒指 胖.奇 반지 *pan.ji*	項鍊 某.勾.力 목걸이 *mok.geo.ri*	耳環 桂.勾.力 귀걸이 *gwi.geo.ri*	耳環.(穿孔) 匹.喔.醒 피어싱 *pi.eo.sing*	
襪子 洋.罵 양말 *yang.mal*	鞋子 姑.禿 구두 *gu.du*	高跟鞋 喝兒 힐 *hil*	長筒靴子 龍.樸.吃 롱부츠 *rong.bu.cheu*	運動鞋 運.同.化 운동화 *un.dong.hwa*
涼鞋 現.都兒 샌들 *saen.deul*	拖鞋 思.里.波 슬리퍼 *seul.li.peo*	手錶 松.某.細.給 손목시계 *son.mok.si.gye*	皮包 卡.胖 가방 *ka.bang*	手提包 黑恩.都.配 핸드백 *haen.deu.baek*

背包	皮夾	鑰匙環	手帕
配.男	奇.甲	有.誰.鼓.勵	松.樹.工
배낭	지갑	열쇠고리	손수건
pae.nang	*chi.gap*	*yeol.soe.go.ri*	*son.su.geon*

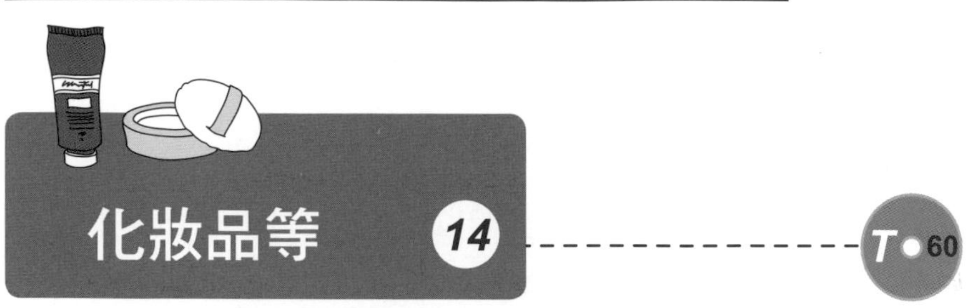

化妝品等 14

T 60

化粧品	香水	肥皂	洗髮精	潤絲精
化.張.碰	香.樹	皮.努	香.普	零.思
화장품	향수	비누	샴푸	린스
hwa.jang.pum	*hyang.su*	*pi.nu*	*syam.pu*	*rin.seu*

沐浴乳	潔膚乳液	洗面乳液	化妝水
爬.弟.香.普	塞.安.姊	波母.科.連.走	思.金恩/化.張.樹
바디샴푸	세안제	폼클렌저	스킨 / 화장수
pa.di.syam.pu	*se.an.je*	*pom.keul.len.jeo*	*seu.kin/hwa.jang.su*

乳液
愛.末兒.窘
에멀전
e.meol.jeon

精華液
愛.仙.思
에센스
e.sen.seu

護膚霜
科.力母
크림
keu.rim

面膜
馬.思.科.佩
마스크팩
ma.seu.keu.paek

防曬乳
叉.外.松.擦.蛋.姊
자외선차단제
ja.oe.seon.cha.dan.je

BB霜
比.比.科.力母
비비크림
bi.bi.keu.rim

粉底霜
怕.運.弟.伊.兄
파운데이션
pa.un.de.i.syeon

眼影
阿.伊.邪.土.屋
아이섀도우
a.i.syae.do.u

睫毛膏
馬.思.卡.拉
마스카라
ma.seu.ka.ra

口紅
力普.思.弟
립스틱
lip.seu.tik

指甲油
每.妮.哭.我
매니큐어
mae.ni.kyu.eo

一般肌膚
中.松.匹.樸
중성피부
chung.seong.pi.bu

乾燥肌膚
空.松.匹.樸
건성피부
keon.seong.pi.bu

油性肌膚
奇.松.匹.樸
지성피부
chi.seong.pi.bu

敏感肌膚
敏.甘.松.匹.樸
민감성피부
min.gam.seong.pi.bu

<table>
<tr><td>青春痘
有.的.樂母
여드름
yeo.deu.reum</td><td>黑班
共.波.手
검버섯
keom.beo.seot</td><td>雀斑
阻.滾.給
주근깨
chu.geun.kkae</td><td colspan="2">黑眼圈
打.科.色.科
다크써클
da.keu.sseo.keul</td></tr>
<tr><td>美白
化.伊.特.您
화이트닝
hwa.i.teu.ning</td><td colspan="2">平順滑溜
澎.鬆.澎.鬆
뽀송뽀송
ppo.song.ppo.song</td><td>滋潤
秋克.秋克
촉촉
chok.chok</td><td>乾爽
傘.度
산뜻
san.tteut</td></tr>
<tr><td>亮澤
每.睏.每.睏
매끈매끈
mae.kkeun.
mae.kkeun</td><td>角質
卡.季
각질
kak.jil</td><td>濕潤
秋克.秋克
촉촉
chok.chok</td><td>毛孔保養
母.工.客.喔
모공케어
mo.gong.ke.eo</td><td>保濕
普.濕布
보습
po.seup</td></tr>
</table>

家電製品	乾燥機	冰箱	泡菜冰箱
卡.窖.採.碰	空.抽.給	年.張.姑	金母.氣.年.張.姑
가전제품	건조기	냉장고	김치냉장고
ka.jeon.je.pum	*keon.jo.gi*	*naeng.jang.go*	*kim.chi.naeng.jang.go*

暖爐	冷氣機	熨斗	吹風機
難.樓	愛.喔.空	打.里.米	凸.拉.伊.喔
난로	에어컨	다리미	드라이어
nal.ro	*e.eo.keon*	*da.ri.mi*	*deu.ra.i.eo*

DVD 播放器	數位家電製品	收音機
剃.布.伊.剃.普.淚.伊.喔	剃.奇.頭.哥.窖	拉.剃.喔
디브이디플레이어	디지털가전	라디오
di.beu.i.di.peul.le.i.eo	*di.ji.teol.ga.jeon*	*ra.di.o*

影印機	錄影機	攝影機	洗衣機
伯.沙.給	皮.剃.喔	皮.剃.喔.卡.梅.拉	塞.他課.給
복사기	비디오	비디오카메라	세탁기
pok.sa.gi	*pi.di.o*	*pi.di.o.ka.me.ra*	*se.tak.gi*

時鐘	微波爐	電子書
細.給 시계 *si.gye*	窘.叉.連.奇 전자렌지 *cheon.ja.ren.ji*	窘.叉.瘦.醜可 전자서적 *cheon.ja.seo.jeok*

電話機	照相機	電視	烤麵包機	傳真機
窘.那.給 전화기 *cheo.nywa.gi*	卡.梅.拉 카메라 *ka.me.ra*	貼.淚.皮.窘 텔레비전 *tel.le.bi.jeon*	投.思.透 토스터 *to.seu.teo*	陪.思 팩스 *paek.seu*

飲料 16

T 62

水	礦泉水	茶	咖啡
母兒 물 *mul*	米.耐.拉.我.透 미네랄워터 *mi.ne.ral.wo.teo*	擦 차 *cha*	摳.匹 커피 *keo.pi*

中文	諧音	韓文	拼音
紅茶	紅.擦	홍차	*hong.cha*
果汁	救.思	쥬스	*ju.seu*
可樂	口.拉	콜라	*kol.la*
酒	贖兒	술	*sul*
啤酒	妹.阻	맥주	*maek.ju*
萊姆酒	摟母.阻	럼주	*reom.ju*
蘇打水	嫂.打.樹	소다수	*so.da.ju*
濁米酒	同.同.阻	동동주	*tong.tong.ju*
燒酒	嫂.阻	소주	*so.ju*
紅葡萄酒	淚.的.娃.音	레드와인	*re.deu.wa.in*
白葡萄酒	化.伊.特.娃.音	화이트와인	*hwa.i.teu.wa.in*
威士忌	為.思.忌	위스키	*wi.seu.ki*
雞尾酒	卡.貼.憶兒	칵테일	*kak.te.il*
香檳	香.片.音	샴페인	*syam.pe.in*
白蘭地	布.蓮.弟	브랜디	*peu.raen.di*
綠茶	濃.擦	녹차	*nok.cha*
甜酒	西.給	식혜	*si.khye*
高麗人參茶	音.山.擦	인삼차	*in.sam.cha*

水果 17

T 63

水果 瓜.憶兒 과일 *gwa.il*	草莓 大耳.給 딸기 *ttal.gi*	葡萄 普.土 포도 *po.do*	蘋果 傻.瓜 사과 *sa.gwa*	橘子 求兒 귤 *gyul*
桃子 伯.順.阿 복숭아 *bok.sung.a*	李子 叉.禿 자두 *ja.du*	柿子 甘 감 *gam*	梨子 配 배 *bae*	巨峰葡萄 哥.碰 거봉 *geo.bong*
西瓜 樹.帕客 수박 *su.bak*	葡萄柚 叉.夢 자몽 *ja.mong*	香瓜 恰.妹 참외 *cha.moe*		

蔬菜 18

白菜 配.醋 배추 *bae.chu*	蘿蔔 木 무 *mu*	茄子 哥.幾 가지 *ga.ji*	紅蘿蔔 當.跟 당근 *dang.geun*	馬鈴薯 甘.叉 감자 *gam.ja*
豆芽菜 空.娜.母兒 콩나물 *kang.na.mul*	高麗菜 洋.配.醋 양배추 *yang.bae.chu*	萵苣 洋.傷.醋 양상추 *yang.sang.chu*	菠菜 細.刻木.氣 시금치 *si.geum.chi*	蘇子葉 跟.你 깻잎 *kkae.nip*
牛蒡 屋.翁 우엉 *u.eong*	韓國南瓜 愛.呼.帕客 애호박 *ae.ho.bak*	韭菜 樸.醋 부추 *bu.chu*	蔥 帕 파 *pa*	辣椒 姑.醋 고추 *go.chu*
大蒜 馬.呢耳 마늘 *ma.neul*	洋蔥 洋.帕 양파 *yang.pa*	1 斤 (600g) 憨.滾 한근 *han.geun*	半斤 (300g) 胖.滾 반근 *pan.geun*	

中文	注音	韓文	拼音
建築物	空.母兒	건물	keon.mul
百貨公司	配.誇.獎	백화점	bae.kwa.jeom
超市	羞.波	슈퍼	syu.peo
便利商店	騙翁.你.獎	편의점	pyeo.nui.jeom
公寓	阿.帕.土	아파트	a.pa.teu
郵局	屋.切.庫	우체국	u.che.guk
銀行	運.狠	은행	eu.nyaeng
學校	哈.教	학교	hak.gyo
飯店	呼.貼兒	호텔	ho.tel
餐廳	淚.思.土.郎	레스토랑	re.seu.to.rang
路邊攤	普.張.馬.擦	포장마차	po.jang.ma.cha
賣小點心的攤販	努.求母	노점	no.jeom
水族館	樹.主.狂	수족관	su.jok.gwan
遊樂園	有.旺.奇	유원지	yu.won.ji.
博物館	胖.母.狂	박물관	pang.mul.gwan
美術館	米.贖兒.狂	미술관	mi.sul.gwan
公園	工.旺	공원	gong.won
廁所	化.張.吸兒	화장실	hwa.jang.sil

<table>
<tr><td colspan="2">(外幣)兌換處
換.窘.嫂
환전소
hwan.jeon.so</td><td>車站
有苦
역
yeok</td><td>剪票口
給.差.姑
개찰구
gae.chal.gu</td><td>機場
工.航
공항
gong.hang</td></tr>
<tr><td>加油站
阻.有.嫂
주유소
chu.yu.so</td><td>警察署
恐恩.差.瘦
경찰서
gyeong.chal.seo</td><td>派出所
怕.糗.嫂
파출소
pa.chul.so</td><td>醫院
蘋.旺
병원
byeong.won</td><td>消防站
嫂.胖.瘦
소방서
so.bang.seo</td></tr>
</table>

交通工具 20

飛機	船	計程車	電車	地鐵
皮.狠.給	配	特客.細	窘.球	奇.哈.球
비행기	배	택시	전철	지하철
pi.haeng.gi	*pae*	*taek.si*	*cheon.cheol*	*chi.ha.cheol*

巴士	電纜車	腳踏車	機車	高速公路
波．思	客．伊．不．卡	叉．窘．口	喔．投．爬．伊	姑．收．斗．樓
버스	케이블카	자전거	오토바이	고속도로
peo.seu	*ke.i.beul.ka*	*cha.jeon.geo*	*o.to.ba.i*	*ko.sok.do.ro*

觀光景點 21

東大門	南大門	首爾	釜山	大丘
同．貼．目嗯	男．貼．目嗯	首．爾	樸．傘	貼．姑
동대문	남대문	서울	부산	대구
dong.dae.mun	*nam.dae.mun*	*seo.ul*	*bu.san*	*dae.gu*
慶州	濟州島	江華島	仁川	板門店
慶恩．阻	採．阻．道	剛．化．道	音．餐	胖．目嗯．求母
경주	제주도	강화도	인천	판문점
kyeong.ju	*je.ju.do*	*kang.hwa.do*	*in.cheon*	*pan.mun.jeom*

水原 樹.旺 수원 *su.won*	公州 工.阻 공주 *kong.ju*	扶餘 樸.有 부여 *pu.yeo*	大田 貼.窨 대전 *dae.jeon*	安東 安.東 안동 *an.dong*
春川 春.餐 춘천 *chun.cheon*	明洞 明.同 명동 *myeong.dong*	鍾路 窮.樓 종로 *jong.ro*	仁寺洞 音.沙.洞 인사동 *in.sa.dong*	大學路 貼.哈恩.樓 대학로 *tae.hang.ro*
梨泰院 伊.太.旺 이태원 *i.tae.won*	汝矣島 有.衣.土 여의도 *yeo.i.do*	狎鷗亭 阿.姑.窮 압구정 *ap.gu.jeong*		

解答

問題練習 1

2. 翻譯練習（中文翻成韓文）

1. 理由 (이유)	2. 牛奶 (우유)
3. 嬰兒 (유아)	4. 玻璃 (유리)

3. 跟老師唸唸看

1. 아우 (弟弟)	2. 아이 (小孩)
3. 우유 (牛奶)	4. 으응 (嗯～)

4. 聽寫練習

1. 아야	2. 이유
3. 우유	4. 아우
5. 유리	6. 어이
7. 유아	8. 이어

問題練習 2

2. 翻譯練習（中文翻成韓文）

1. 傻瓜、笨蛋（바보）	2. 都市（도시）
3. 秘書（비서）	4. 誰（누구）

3. 跟老師唸唸看

1. 주소 (地址)	2. 지구 (地球)
3. 휴지(面紙、衛生紙)	4. 혀 (舌頭)

4. 聽寫練習

1. 가구	2. 어디
3. 우리	4. 거기
5. 바보	6. 누구
7. 어리	8. 구두

問題練習 3

2. 翻譯練習（中文翻成韓文）

1. 茶、車子 (차)	2. 餅乾 (쿠키)
3. 卡片 (카드)	4.T 恤 (티셔츠)

3. 跟老師唸唸看

1. 코트 (大衣)	2. 커피 (咖啡)
3. 고추 (辣椒)	4. 우표 (郵票)

4. 聽寫練習

1. 고추	2. 카드
3. 티셔츠	4. 차
5. 우표	6. 쿠키
7. 코트	8. 커피

問題練習 4

2. 翻譯練習（中文翻成韓文）

1. 那麼 (또)	2. 剛才 (아까)
3. 哥哥 (오빠)	4. 離開 (떠나다)

3. 跟老師唸唸看

1. 싸우다 (打架)	2. 가짜 (騙子)
3. 쏘다 (射、擊)	4. 꼬마 (小不點)

4. 聽寫練習

1. 뺨	2. 떠나다
3. 아까	4. 쏘다
5. 꼬마	6. 가짜
7. 오빠	8. 싸우다

問題練習 5

2. 翻譯練習.（中文翻成韓文）

1. 注意 (주의)	2. 醫生 (의사)
3. 怪物 . (괴물)	4. 公司 (회사)

3. 跟老師唸唸看

1. 메뉴 (菜單)	2. 예배 (禮拜)
3. 시계 (時鐘)	4. 교과서(教科書)

4. 聽寫練習

1. 웨이브	2. 취미
3. 웨이터	4. 의사
5. 귀	6. 원
7. 의자	8. 뭐

溜韓語發音 中文就行啦

玩玩韓語【01】

著　　者——金龍範 著
發 行 人——林德勝
出 版 者——山田社文化事業有限公司
地　　址——臺北市大安區安和路 112 巷 17 號 7 樓
電　　話—— 02-2755-7622
傳　　真—— 02-2700-1887
劃撥帳號—— 19867160 號 大原文化事業有限公司
經 銷 商——聯合發行股份有限公司
地　　址——新北市新店區寶橋路 235 巷 6 弄 6 號 2 樓
電　　話—— 02-2917-8022
傳　　真—— 02-2915-6275
印　　刷——上鎰數位科技印刷有限公司
法律顧問——林長振法律事務所林長振律師
初　　版—— 2014 年 4 月

書＋MP3 ——新台幣 240 元
ISBN978-986-246-392-5